Azules contra Grises

William Camus

ediciones SM Joaquín Turina 39   28044 Madrid

Colección dirigida por **Marinella Terzi**

Primera edición: diciembre 1984

Undécima edición: marzo 1995

Traducción del francés: Guillermo Solana
Ilustraciones y cubierta: Teo Puebla

Título original: Les bleus et les gris
© Éditions G.P., Paris
© Ediciones SM, 1984
   Joaquín Turina 39 - 28044 Madrid

Comercializa: CESMA, SA - Aguacate, 43 - 28044 Madrid

ISBN: 84-348-1455-2
Depósito legal: M-10822-1995
Fotocomposición: Grafilia, SL
Impreso en España/Printed in Spain
Imprenta SM - Joaquín Turina, 39 - 28044 Madrid

Introducción

HACIA 1850 los Estados Unidos se hallan en plena expansión y conocen una verdadera revolución tecnológica. Pero el país se encuentra dividido por una lucha intestina y sorda.

El Norte, poderoso, se ha industrializado. El Sur es, sobre todo, agrícola. Allí reinan el algodón y el tabaco.

Pero el Norte reprocha al Sur que utilice como mano de obra a los esclavos negros. En el Senado se suceden los debates y los enfrentamientos...

Hasta que un día aparece una novela. Es obra de una mujer, Harriet Beecher-Stowe. El libro se titula La cabaña del tío Tom, o la vida entre los humildes. *Cuenta la vida inhumana que padecen los esclavos negros en el Sur.*

Los americanos del Norte se disputan la obra. Se venden 300.000 ejemplares y es llevada a la escena. En el extranjero alcanza tiradas extraordinarias.

La cabaña del tío Tom *hace saltar el polvorín.*

Abraham Lincoln, presidente de los Estados Unidos, proclama la abolición de la esclavitud. El Sur replica. El 20 de diciembre de 1860, un periódico, el Charleston Mercury Extra, *titula: «¡La Unión se resquebraja!».*

El Sur se constituye como una Confederación de Estados y nombra un nuevo Presidente. ¡Es la secesión!

El Norte no puede tolerar esta separación. Estalla la guerra. Será fratricida, atroz...

En julio de 1861, en Bull Run, el Norte sufre una humillante derrota. Su ejército queda aniquilado.

Pero el Sur no sabe sacar partido de su victoria y de su ventaja. El Norte se recobra, intensifica su producción bélica y, algún tiempo más tarde, la batalla de Gettysburg señala la derrota sudista.

Tras cuatro años de lucha, esta guerra habrá costado la vida a 618.000 hombres, sudistas y nordistas.

Primera Parte

Los Azules

1 *Planes para el futuro y un extraño escocés*

WASHINGTON, la capital de los Estados Unidos, no ofrecía nada que fuera atractivo para un muchacho anhelante de aventuras. Por fortuna, yo vivía en los alrededores.

Los arrabales del noroeste eran más bulliciosos. Los grandes navíos mercantes que surcaban el Potomac[1] creaban una animación sonora y jubilosa cuando acudían a recalar junto a los muelles... Sí, en realidad yo me sentía más a gusto en el barrio portuario que entre las magníficas mansiones del centro de la ciudad. Me contentaba con la vieja barraca de tablas que compartía con mi amigo Josuah. Y, además, era nada menos que empleado del señor McCormick.

Los dos últimos hallazgos del señor McCormick no dejarían de revolucionar el mundo. ¿Acaso aquel endiablado americano no acababa

---

[1] Río de los Estados Unidos que pasa por Washington y desemboca en la bahía de Chesapeake.

de inventar la cosechadora mecánica y el cuentagotas?

Unos meses antes yo estaba convencido de que, al ver mi capacidad profesional, seguro que me confiaba la fabricación de sus cosechadoras. Pero lo cierto era que, al cabo de seis semanas de un trabajo ímprobo, yo continuaba enfundando los pequeños capuchones de goma en los cuentagotas de vidrio. Y como el señor Pluming, el jefe del taller, no decía nada respecto a mi ascenso, me vi obligado a presentar la dimisión.

Lo sentí por el señor McCormick, pero yo tenía que pensar en mi porvenir...

¡Bah! La joven América rebosaba de hombres ilustres, a los cuales podría ofrecer mis servicios. Para satisfacer mis ambiciones había de sobra en donde elegir. El señor Morse acababa de inventar el telégrafo, el señor Singer la máquina de coser, el señor Bell el teléfono y el señor Remington la máquina de escribir. Y, además, ni siquiera necesitaba marcharme a Boston, Chicago o Nueva York. Podía muy bien quedarme en Wáshington. ¿No se decía que el señor Otis estaba instalando en el mejor barrio de la ciudad su primer ascensor?

No; nada me hacía lamentar haber abandonado el cuentagotas, puesto que podía probar suerte en otra rama de la industria... ¡Sólo me quedaba determinar cuál!

Sumido en mi indecisión, resolví ir a pedir consejo a mi amigo Josuah.

Un refrán dice: *Cada oveja con su pareja.* Pues bien, por lo que se refiere a Josuah y a mí, era completamente falso. Dios le había dado una piel tan negra como blanca era la mía. Pero eso no nos impidió simpatizar desde que nos conocimos, porque ni Josuah ni yo éramos racistas.

Conocía a Josuah desde hacía unos meses, cuando me lo encontré en el barrio portuario. Acababa de escapar de una plantación de algodón en Luisiana. En realidad, mi compañero era un antiguo esclavo. Pero eso no me preocupaba nada puesto que yo también era de condición humilde.

Me sentí atraído por Josuah en cuanto lo vi. Es preciso señalar que mi amigo negro era un magnífico artista: tocaba el tambor como nadie y arrancaba a su gaita unos sonidos tan melodiosos que desgarraban el corazón.

CUANDO empujé la puerta de la cabaña, Josuah ejecutaba precisamente un «Aleluya» con su tambor. Era maravillosamente bello. Sin embargo, tuve que gritar para que pudiera oírme.

—¡Oye! ¡Josuah! ¿Puedes dejarlo un minuto? ¡Tengo que hablarte!

Los palillos se inmovilizaron.

—¿Por qué regresas tan pronto? ¿O es que el

señor McCormick ha abandonado la fabricación de sus cuentagotas?

—Él, no; yo, sí. He presentado la dimisión, imagínate.

Una sonrisa cruzó su rostro de una oreja a otra.

—¡Espléndido, Pete, has hecho muy bien! Nosotros, los blancos, no estamos hechos para ser explotados, y ese McCormick tiene todo el aspecto de un esclavista.

Josuah me sorprendía siempre. Ignoraba si en su antigua plantación se había mirado una sola vez a un espejo; pero suponía que no. Se consideraba blanco y eso no dejaba de intrigarme.

—Dime, Josuah. Por discreción jamás te he preguntado qué milagro te dio el don de la música. Pero he de confesar que me gustaría saber quién te enseñó a tocar la gaita.

Me replicó de sopetón:

—¡Mi padre, Pete! Todos los escoceses llevan este instrumento en la sangre.

Estuve a punto de reventar de risa.

—¡No irás a decirme que eres de ascendencia escocesa!

Sus ojos formaron dos grandes círculos blancos sobre su negra piel.

—¡Pues claro, Pete! Mi padre era un escocés de pura sangre. Josuah es sólo mi nombre. ¿Sabías que en realidad me llamo Josuah Ponce de León?

—Y según tú, Ponce de León es de origen escocés...

Josuah respondió violentamente:

—¡No irás a creer que es un apellido americano! ¡Los Ponce de León proceden directamente del norte de Escocia!

En todo caso estaba claro que el Señor todopoderoso había fabricado aquel escocés con el más oscuro ébano. El enigma persistía...

Josuah debió adivinar el fondo de mi pensamiento porque añadió:

—Además, Pete, para que tengas la prueba de que por mis venas no corre una sola gota de sangre negra, voy a hacerte una pregunta: ¿Has oído hablar alguna vez de un negro que toque la gaita tan bien como yo?

Tuve que reconocer que llevaba razón. No era preciso haber salido de West Point para saber que el instrumento preferido por los africanos seguía siendo el tam-tam y no aquel curioso artefacto que Josuah manejaba tan maravillosamente... Sin embargo, aquel asunto del color de la piel seguía inquietándome.

—¿Cómo te explicas entonces que te tuvieran como esclavo en Luisiana si eres blanco? Creo que esa suerte sólo les está reservada a los negros.

Josuah se mesó sus rizados cabellos.

—¡A causa de mi apariencia, caramba! En el Sur nadie quería creer en mi ascendencia escocesa.

Ante semejante embrollo decidí ocuparme de

mis propios asuntos. Yo también tenía mis preocupaciones. Y no eran pocas. Volví, pues, a mi problema:

—Si te parece, Josuah, olvidemos por un momento el misterio de tu nacimiento. Ahora tengo que preocuparme de otras cosas. Date cuenta de que estoy pensando en crearme una posición.

Mi amigo me preguntó con una voz que pretendía simular indiferencia:

—¿En qué campo?

—En la industria. ¿No es en donde hay actualmente las mejores salidas? Estoy resuelto a abrirme camino.

Josuah torció su boca haciendo un gesto desdeñoso.

—Lo que no me gusta de ti, Pete, es tu inconsecuencia.

Estallé:

—¿Estás loco? ¿Me preocupo por lograr un futuro y llamas a eso inconsecuencia?

Me dijo con acento severo:

—Lo que no entiendo, Pete, es cómo eres capaz de pensar en tus propios intereses cuando el país se encuentra ensangrentado por la guerra.

—¿Qué guerra? —pregunté con extrañeza.

Esta vez Josuah me lanzó una mirada sardónica y su voz se volvió tan cortante como un sable.

—Así que el señor Pete Breakfast ignora que los Estados del Norte han declarado la guerra a

14

los del Sur, y que nosotros, los del Norte, herederos de la civilización, nos hallamos en guerra por la abolición de la esclavitud...

Me eché a reír...

—No quiero burlarme de ti, Josuah, pero si tu participación en la guerra consiste en tocar el tambor y la gaita de la mañana a la noche, permíteme que te diga que los sudistas pueden dormir tranquilos...

—¡Precisamente! —gritó mi amigo—. Estoy ensayando marchas militares para enrolarme en el ejército de la Unión.

Lancé una carcajada.

—Entonces, date prisa con tu música. El pequeño Mac [1] seguramente te está esperando para librar su primera batalla. Por orden suya, el ejército del Norte permanece inmóvil en sus acantonamientos desde hace una temporada. Tranquilízate, Josuah, el país no sabe aún lo que es la guerra. Tan cierto como que nuestro buen presidente Lincoln se preguntaba hace muy poco a qué esperábamos para atacar al enemigo.

—En ese caso, Pete, no podemos aguardar más. Nuestro deber nos exige unirnos a los federales y contribuir a la caída de todos esos malditos esclavistas del Sur.

¡Qué seriamente hablaba! Consideré oportuno refrenar sus impulsos:

[1] Sobrenombre aplicado al general McClellan, que entonces mandaba el ejército del Norte.

16

—¡Habla sólo por ti, Josuah! En el plano musical tú eres un virtuoso, y te creo muy capaz de llevar a todo un ejército al combate, a los sones de tu gaita. Pero, por lo que se refiere a mi modesta persona, dime: ¿de qué le serviría yo al Norte?

Más me habría valido callarme. Josuah se las arreglaba para galvanizar a las almas tímidas. Clavó en mis pupilas su mirada penetrante:

—Vamos, Pete, no seas tan modesto. ¡Tú puedes llegar a ser un maravilloso tambor! Hace ya más de un mes que te enseño a tocar ese instrumento y puedo asegurarte que te portas muy bien...

Con una actitud teatral, alzó los ojos hacia las tablas mal unidas del techo.

—¡Imagínate, Pete, redoblando para la carga, en el estruendo de la batalla, entre el estallido de los obuses! ¡Cierra los ojos y mírate con tu magnífico uniforme nuevo!

Cerré los ojos... Dios mío, ya me veía en aquella batalla, entre los cañones que escupían fuego... Al darme cuenta de que me deslizaba suavemente por la pendiente resbaladiza de la imaginación de Josuah, me enderecé para dominarme.

—Desde el punto de vista del tambor y del uniforme, las cosas no están mal, Josuah. Pero no es lo mismo si se piensa en los estallidos de los obuses. ¡Me horroriza el estruendo de los cañones, Josuah! Nada más imaginármelo me siento muerto de miedo...

Pero mi amigo no me escuchaba. Hablaba de la patria, del honor, de la libertad. De la libertad para los negros, con el mismo derecho que los blancos...

¡Y hablaba estupendamente bien!

Josuah prosiguió declamando todo el resto de la tarde y la mayor parte de la noche. No dormí nada; mi amigo era incansable...

Al amanecer, el ronroneo de su monólogo me arrancó de mi duermevela poblada de pesadillas. Ahora hablaba de hombres estrechamente entrelazados en una inmensa hermandad, de un acuerdo mutuo hasta la eternidad y de no sé cuántas cosas más.

¡Qué cotorra, Dios mío!

Para no oírle más opté por recoger mis bártulos. Había decidido abandonar aquella casa. Me eché al hombro mi modesto hatillo. En el momento de salir me apoderé del tambor y de los palillos que estaban en el suelo y abrí la puerta de par en par. El aire fresco de la mañana me dio en plena cara. Aspiré a pleno pulmón, y con paso firme me dirigí al centro de la ciudad.

Josuah me seguía con su gaita bajo el brazo. Mi amigo ya no hablaba, pero mostraba una sonrisa beatífica.

¡Íbamos a enrolarnos en el magnífico y gran ejército del Norte!

... En el fondo de mí, una vocecita me murmuraba que estaba a punto de cometer una enorme tontería.

2 Mucha prisa y una difícil elección

PESE a lo temprano de la hora, la multitud hormigueaba por las calles de Washington. El aire resonaba con gritos de alegría. La gente hablaba a gritos, bromeando y saludándose de una acera a otra. Algunos cruzaban la calle para darse palmadas en la espalda.

Josuah marchaba con el torso muy erguido y tarareaba *Rising of the People*[1]. Para no ser menos, entoné yo también el estribillo.

¡Ánimo, muchachos! Marchábamos marcando el paso, arrastrados los dos por el mismo impulso. Los sudistas amenazaban a nuestra buena ciudad de Washington... ¡Y aquí estábamos nosotros para salvarla!

A la puerta de cada casa ondeaba la bandera estrellada. Todas aquellas maravillosas insignias rivalizaban entre sí. La que ondeaba en lo alto

---

[1] *El pueblo se alza*, canción muy en boga durante la Guerra de Secesión.

del Congreso parecía ofrecer al cielo sus treinta y cuatro estrellas de plata.

Los caballos que arrastraban los carros de los lecheros, de los panaderos y de los transportistas de todo género, caracoleaban como si desfilaran. Todos llevaban entre las dos orejas una escarapela y entre sus revueltas crines se agitaban cintas tricolores.

No podíamos dar un paso sin encontrarnos con un militar. ¡Y qué apuestos iban con sus magníficos uniformes! Allí estaban representados nuestros más valientes regimientos. Me crucé con un capitán de caballería, bien ceñida su guerrera azul. Los flecos de oro de sus charreteras se agitaban al ritmo de su paso altanero y el plumero del quepis ondeaba ligero al viento. El fiero soldado pasó sin vernos, lejana la mirada, fija en el horizonte de sus pensamientos. Josuah me murmuró:

—Tiene los ojos clavados en la victoria.

El sol se abrió paso entre dos nubes y se unió a la fiesta. Me sentía tan maravillado que no tenía ojos para verlo todo. ¡Qué aire tan marcial tenían todos aquellos magníficos y valientes soldados! Con excepción, quizá, de los zuavos, cuyo uniforme me resultaba ligeramente chillón. Estos militares aparecían vestidos a la antigua y en mi opinión no reflejaban la idea que cabe hacerse de un ejército moderno. Sus piernas se cubrían con unos amplios bombachos de un rojo llamativo. Tenían que andar separando las piernas a causa de la cantidad de tela de sus pantalones. En desquite, su chaquetilla, demasiado estrecha, no cerraba por delante y dejaba desnudo el pecho. Y para que las cosas fueran aún peor, los zuavos lucían en la cabeza un ridículo gorro de lana escarlata cuyo extremo, adornado con una borla negra, les colgaba hasta la nuca.

Me juré no ingresar jamás en un regimiento de zuavos.

Llegamos a una gran plaza. Una extraña criatura avanzaba hacia nosotros. ¡Dios mío, qué aspecto el suyo! La pobre mujer vestía una falda a cuadros que ni siquiera le llegaba por debajo de la rodilla. Gruesos calcetines vueltos cubrían sus pantorrillas, tornándolas parecidas a esos postes que instalan por todas partes los empleados del telégrafo. Nos hallábamos al comienzo del verano, y a pesar de eso llevaba sobre un hombro una larga manta en donde se mezclaban el verde, el azul y el amarillo. Una inmensa boina de negro fieltro, rematada por una pluma, cubría como una sombrilla sus cortos y rojizos cabellos.

Aguantándome la risa, llamé la atención de Josuah.

—Pero fíjate en esa mujer, mira cómo se ha emperifollado.

Josuah me clavó un codo entre las costillas.

—Cállate, Pete. ¡Es un escocés! ¡Un compatriota!

—¿Estás seguro, Josuah? Pero esa falda...

—¿No te has fijado que lleva barba?

¡Era cierto! Demonios, qué atolondrado estaba.

—Perdóname, Josuah. No pretendía molestarte. Pero, ¿por qué se pasea ese escocés vestido de semejante manera? ¡No deja de ser un excéntrico!

Si los ojos de Josuah hubiesen sido pistolas, me habría quedado muerto en el acto. Finalmente, ante mi gesto de consternación, me explicó tranquilamente:

—Ese traje forma parte de nuestro patrimonio ancestral.

—Pero si esa indumentaria es de sus antepasados, ¿por qué sigue vistiéndola ahora ese escocés? Tienes que reconocer, Josuah, que eso está pasado de moda.

Mi amigo hundió sus puños en el fondo de los bolsillos de su pantalón y gruñó, visiblemente exasperado:

—Es una cuestión de tradición, ¿lo entiendes, Pete? ¡Es una cuestión de tradición!

Agaché la cabeza.

En realidad no había entendido nada, pero me abstuve de decir nada más. Por añadidura, el escocés se hallaba tan sólo a cinco o seis pasos de nosotros.

Fue entonces cuando Josuah se colocó ante su compatriota, se cuadró impecablemente, lo miró a los ojos y le hizo el más reglamentario de todos los saludos militares.

El escocés pareció desconcertado. Después

mostró sus enormes y amarillos dientes y, con un gesto seco, devolvió el saludo a Josuah.

Vi cómo la nuez de mi amigo galopaba a lo largo de su cuello y cómo las lágrimas asomaban a sus ojos.

Josuah decidió manifestar alegría a su manera; se pegó la gaita bajo el brazo y una música agridulce y pegadiza se impuso a todos los demás ruidos de la plaza.

La gente se volvía a nuestro paso. Las bellas damas nos enviaban besos con la punta de sus dedos, y los señores de chistera se descubrían a nuestro paso.

Y así, cubiertos de honores, llegamos a la oficina de reclutamiento. A cada lado de la entrada montaban guardia dos centinelas con el fusil al hombro. En una de las paredes de piedra tallada del magnífico edificio, un cartel convocaba a las armas. Una bella muchacha que representaba a la nación enarbolaba en una mano la bandera de los Estados Unidos y, en la otra, una espada flamígera. Por encima de su cabeza, un estandarte de reflejos tornasolados servía de soporte a nuestra bella divisa: *Dios, Nuestro País y la Libertad*.

Me emocioné hasta el punto de sentir ganas de llorar.

En otra pared del edificio, una pancarta clamaba: «¡*Alistaos!*» Un segundo cartel representaba el centro de entrenamiento de los jóvenes reclutas de Filadelfia. Un lugar agradable —decía el cartel—, en donde el soldado que acababa de alistarse podía lavarse y afeitarse antes de saborear una magnífica comida preparada por las damas voluntarias.

Un verdadero paraíso este ejército, y bien organizado... De repente, me sentí acometido por una duda:

—Oye, Josuah, tú tienes quince años, y yo, sólo catorce y medio. ¿Crees que me aceptarán en el regimiento?

Con aquella lógica que sólo él poseía, Josuah me respondió:

—¡No hay ningún problema! Uno puede alistarse a partir de los dieciséis años.

—¿Y entonces? ¡No tenemos la edad!

Se encogió de hombros y alzó los ojos al cielo.

—¡Qué duro de mollera eres, Pete! Decididamente hay que explicártelo todo hasta el último detalle. Con tu aspecto no te costará hacerles creer que ya tienes edad suficiente para enrolarte.

¡Qué estúpido era, efectivamente! ¡Bastaba con una piadosa mentira...!

Animado por nuevas fuerzas, entré muy seguro de mí en el gran vestíbulo. Allí me dirigí a un soldado de guardia:

—Oiga, soldado, ¿adónde hay que ir para alistarse en el ejército?

El centinela nos indicó con la barbilla un pasillo y se dignó añadir:

—Allí. No tiene pérdida. Al final del todo.

Como un solo hombre, Josuah y yo nos encaminamos al famoso pasillo.

Por allí llegamos a una gran sala. Tras una mesa, un militar se arreglaba las uñas con un cuchillo. Era un cuchillo magnífico, tenía varias hojas, un sacacorchos y un punzón... una herramienta que fácilmente costaría tres dólares.

Semejante joya sólo podía pertenecer a un alto dignatario del ejército. Por consiguiente me incliné ligeramente, con las dos manos apoyadas en la mesa, y puse una sonrisa de circunstancias.

El personaje levantó hacia nosotros una mirada melancólica y nos preguntó con voz de barítono:

—¿De qué se trata?

Yo adopté un aire respetable y declaré con firmeza:

—¡Hemos venido a alistarnos en el magnífico ejército del Norte, mi comandante!

Las cejas del militar se alzaron súbitamente sobre su frente, cambió su tono y ladró secamente:

—¡Yo no soy comandante, sino cabo! ¡Malditos reclutas!

—Mis excusas, no pretendía ofenderlo, cabo —respondí en el acto—. Al ver su cuchillo, pensé...

El enorme rostro del soldado se volvió escarlata. Ladró de nuevo:

—¡Mi cuchillo no tiene nada que ver con eso!

Después sus cejas regresaron a su verdadero lugar, sus ojos fueron de Josuah a mí y prosiguió:

25

—Tú, el más blanco de los dos, ¿qué edad tienes?

—Dieciséis años y medio —anunció Josuah.

El cabo dejó caer su enorme puño sobre la mesa y fulminó a mi amigo con su mirada:

—Moreno, a ti no te he preguntado nada. ¡He dicho el más blanco de los dos!

Josuah adoptó un gesto ofendido. Yo respondí para acabar con aquel silencio:

—Tengo exactamente dieciséis años, mi cabo. Reconozco que recién cumplidos. Ayer mismo o anteayer...

Pensé que aquel militar iba a enfadarse de verdad. Me gritó:

—¡Hay que saberlo!

—Entonces, digamos que anteayer —declaré con aplomo.

—Eso está mejor —anunció—. En el ejército es necesario ser exactos.

Tomó un lápiz, examinó la punta y siguió preguntando:

—Tú, el más blanco de los dos, ¿cómo te llamas?

—Pete Breakfast, para servirle, mi cabo.

El militar atrajo hacia sí un grueso cuaderno azul, lo abrió y comenzó a escribir, sacando ligeramente la lengua.

—Bien, veamos, Pete Breakfast... dieciséis años... ¿En qué fecha naciste exactamente?

¡Otra vez! Mientras que todos los carteles que cubrían los muros reclamaban voluntarios a voz en grito, mientras que nuestros valientes

26

caían como moscas bajo las balas sudistas, allí estábamos nosotros, los que habíamos de relevarlos, perdiendo un tiempo precioso por culpa de una administración que sólo reparaba en minucias.

Ante la mirada impaciente del cabo traté de realizar un cálculo mental que sirviera para demostrar que yo tenía, desde luego, dieciséis años... Pero ¡probad a hacer una resta sin papel ni lápiz cuando tenéis dos ojos inquisidores clavados en vosotros!

¡Vaya faena la que me había hecho Josuah, aconsejándome que hiciera trampas con mi edad! Por fortuna no me faltaron recursos para salir de aquel mal paso:

—Ya ve usted el lío que tengo, mi cabo. Todos mis papeles se quemaron en un incendio en Chicago. Me acuerdo del día y del mes de mi nacimiento, pero temo haber olvidado el año.

El cabo rezongó y rompió la mina de su lápiz. Por mi parte, yo esperaba que mientras le sacaba punta se olvidara de profundizar en la cuestión.

Y eso fue lo que sucedió. Tras haber formado un montón de virutas en un extremo de su mesa, me preguntó a quemarropa:

—¿Sabes hacer algo especial que pueda ser de alguna utilidad en el ejército?

Tranquilizado ante la nueva pregunta, tomé mi tambor y se lo puse bajo las narices.

—¡Nada más útil que esto en el ejército, mi

cabo! Con este instrumento, en cuestión musical no temo a nadie, ¿verdad, Josuah?

—¡Pues claro que sí! ¡No hay quien le gane a Pete con el tambor!

Los rasgos del cabo cobraron un aspecto ligeramente más favorable.

—Pues viene muy bien. ¡El primer regimiento de zuavos está precisamente buscando un tambor para su charanga!

Temblé de pies a cabeza.

—¡Ah, no, cabo! ¡Estoy dispuesto a alistarme, pero no en los zuavos!

—¿Y por qué no? —gruñó el militar, cuyo mal carácter afloró de nuevo súbitamente.

Me expliqué:

—En el Gran Norte canadiense he caminado días y días con las piernas separadas por culpa de las raquetas para la nieve que llevaba en los pies. ¡Ya estoy harto de hacer el pato, y me niego a empezar de nuevo con los pantalones bombachos de los zuavos!

—En ese caso, muchacho, y ya que no te gustan esos pantalones, puedo proponerte un regimiento que te irá pintiparado. ¿Qué te parece el tercero escocés?

Un tanto molesto por la presencia de Josuah, conseguí sin embargo contestar:

—¡Por Dios, sea razonable, mi cabo! Ahora resulta que me ofrece unas faldas a cambio de unos bombachos. No me haga creer que no tiene un puesto libre en una unidad vestida como Dios manda.

Con el rabillo del ojo me di cuenta de que Josuah volvía a adoptar un aire ofendido. Pero, ¡qué diablos!, no iba a hacer el ridículo por temor a herir su susceptibilidad.

—De acuerdo —dijo el caporal, zanjando la cuestión—. Te alisto en el quinto regimiento de infantería de voluntarios de Kentucky.

Y volviéndose hacia Josuah, le dijo:

—Y por lo que respecta a ti, el más negro de los dos, indícame tu identidad.

Era visible que este asunto del color comenzaba a horrorizar verdaderamente a mi amigo.

—Me llamo Josuah Ponce de León. ¡Soy de origen escocés y me siento orgulloso de serlo! —proclamó.

Con los ojos desorbitados, el militar examinó a Josuah de arriba abajo. Después hundió su nariz en el cuaderno y murmuró:

—¡No hay quien entienda a estos extranjeros!

Pero mi amigo le había oído.

—Sepa, señor, que yo soy un verdadero americano, sin que eso signifique renegar de mis orígenes. Por fortuna para usted, mis antepasados vinieron a este continente. Sin ello, sus descendientes no podrían ayudarle ahora a ganar esta guerra.

Josuah le había dado una lección. Nosotros, futuros combatientes, no estábamos dispuestos a que nos menospreciara un vulgar chupatintas.

Era indudable, mi amigo se había impuesto. El cabo se secó la frente con un enorme pañuelo malva y con una cierta deferencia prosiguió su interrogatorio.

—Señor Josuah Ponce de León, ¿tendría usted inconveniente en que lo incorporara a la misma unidad que a su camarada Pete Breakfast, aquí presente?

Josuah aceptó al instante. El otro continuó en el mismo tono:

—Y ahora, señor Ponce de León, ¿tendría usted la amabilidad de decirme si posee alguna especialidad?

—Sí, cabo. Yo toco la gaita.

—¿Gaita? Jamás he oído hablar de eso.

Josuah exhibió su instrumento.

—Pues he aquí una, cabo. ¡Se trata de una especialidad escocesa!

—Quizá. Pero en el ejército americano no sabríamos qué hacer con eso. Dime, Ponce de León, ¿sabes de mulas?

Mi amigo abrió de par en par sus blancos ojos.

—Jamás he visto una mula, cabo.

El militar no se desanimó por tan poca cosa y prosiguió con su tono autoritario:

—Eso no tiene ninguna importancia. Aprenderás muy pronto. Te destino al cuerpo de ambulancias en el mismo regimiento de tu compañero.

—¡Pero yo no soy veterinario! —exclamó Josuah.

—No te incorporo como veterinario, sino como mulero.

A Josuah no pareció gustarle la broma y creo que si no le hubiera dado ánimo con mi presencia habría desertado en el acto.

El cabo nos entregó dos boletos de destino para nuestra unidad.

—Hala, chicos, que os vaya bien. Y encantado de no volver a veros.

En el umbral me volví:

—Una última información, por favor. Al llegar he visto un cartel que decía que los nuevos reclutas podían lavarse y beneficiarse de una comida. Creo que un baño me sentaría bien. Y después, una buena sopa de guisantes con dos o tres lonchas de tocino nos daría fuerzas para reunirnos con nuestro regimiento.

El militar lanzó una carcajada.

—Ese cartel no os concierne. Ahí habla del centro de entrenamiento de Filadelfia.

—Ya lo sé, cabo, pero ¿en dónde está el de Washington?

—¡En Washington no hay! —anunció triunfalmente el cabo—. Si los señores desean comer bien, les aconsejo que no se demoren en el camino. De otra manera llegarán después de la distribución del rancho a los soldados.

—¿Está cerca de aquí nuestra unidad? —preguntó Josuah.

—Lo señala vuestro boleto de ruta —susurró el cabo—. Vuestro regimiento se halla actualmente a la orilla del Potomac, no lejos de Dawsonville. A unos cuarenta kilómetros apenas.

—¡Caray! Eso está muy lejos... —dejé escapar yo.

—No tanto —repuso el militar—. Y además, en el quinto de infantería podréis bañaros en el abrevadero de los caballos... ¡Estáis instalados junto al octavo de caballería!

Di media vuelta y arrastré tras de mí a Josuah, que me siguió a regañadientes. En el pasillo le oí murmurar:

—¡Mulas... a un músico! ¡Mulas...! ¿Y mi gaita?

Josuah parecía tan decepcionado que resolví levantar su moral:

—Deja de preocuparte por tonterías. Yo me he encargado de las mulas en otro tiempo, y no es una cosa tan terrible [1].

—¿Tú crees? —me preguntó profundamente angustiado.

—¡Pues claro! —afirmé—. Después de todo, lo que importa es que no nos hayan separado y que podamos hacer la guerra juntos.

Instintivamente, había hallado las palabras adecuadas para animar a Josuah. Su negra frente se libró de las arrugas y me dijo:

—Tienes razón, Pete. ¡Los sudistas van a pasarlo difícil con nosotros!

Acercó su boca a la gaita y entonó una marcha pegadiza... ¡Dios mío, qué músico! Yo, a

---

[1] Véase *Uti-Tanka, Pequeño Bisonte*, del mismo autor. Ediciones S.M.

mi vez, empuñé los palillos y marqué el paso con mi tambor...

Plan...plan...rataplán...

¡Caramba, con aquella música ya se olía a pólvora...! Dios mío, ¡si ya sentía miedo!

3 Un regimiento en desbandada y un destino peligroso

AL LLEGAR a la cumbre de un montículo distinguimos el ejército nordista.

Incrédulo ante lo que veía, Josuah no pensaba ya en tocar su gaita. Y yo dejé de oír los borborigmos de mi estómago que gritaba su hambre...

¡Dios mío! ¡Qué ejército!

Allá abajo, en el valle por donde corría el río Potomac, una enorme cantidad de tiendas de campaña cubría la tierra hasta llegar al horizonte.

Bien alineadas y agrupadas en cuadros, aquellas casitas de tela servían de refugio a nuestros más famosos regimientos. Por todas partes ondeaban las banderolas de las diversas unidades. ¡Era maravilloso!

Por acá, inmensas cuadras. Por allá, perfectamente dispuestos, los cañones de nuestra artillería. Más allá, los numerosos carromatos de nuestra intendencia... ¡Dios del cielo! ¡Qué reconfortante resultaba todo aquello!

El sol rasante del final del día relucía fugazmente en los pulidos cobres de las piezas de los arneses. A veces llegaban hasta nosotros los trinos de un cornetín de caballería o el más grave sonido de un clarín de infantería. Aquel vasto campamento respiraba la serena seguridad de una fuerza invulnerable. Y, sin embargo, se notaba cierta agitación.

La mano de Josuah palmeó mi hombro.

—Magnífico, ¿eh, Pete?

—¡Tienes razón, amigo! —le respondí—. Tranquiliza bastante saber que estamos del lado bueno. Los sudistas están derrotados de antemano...

Después, tomando conciencia de las ruidosas manifestaciones de mi estómago, añadí:

—¡Vamos, adelante! Tenemos que ver más de cerca a ese ejército. Siento prisa por vestir el uniforme.

Josuah se colocó a mi paso y me preguntó:

—¿Crees, Pete, que podríamos entrar tocando?

—¿Por qué no? —repuse, tomando ya mis palillos—. Una marcha militar nunca le ha hecho daño a nadie.

Josuah no se lo hizo repetir dos veces. Apretó sus gruesos labios en torno a la boquilla de su gaita y entonó *Los amores de mi querida María*.

En realidad, más que marcha militar, *Los amores de mi querida María* era una polka que narraba las desdichas de una bailarina de *saloon*. Pero tenía ritmo e incitaba a marchar al paso.

Entramos en el campamento entre dos banderas de los Estados Unidos.

Pero, contra lo que cabía esperar, nuestra jubilosa llegada despertó un interés mediocre. Por todas partes sólo distinguía gestos huraños y caras hoscas. Tras haber recorrido unos veinte metros, le aconsejé a Josuah:

—Déjalo ya. Está claro que estos tipos no parecen tener idea alguna de lo que es la inspiración musical.

Los melodiosos sonidos de la gaita disminuyeron como el grito de una oca a la que se ahoga entre dos almohadones de plumas.

—Pues tienes razón —afirmó mi amigo—. Es inútil romperse la cabeza tratando de introducir en este continente las más bellas canciones de Escocia...

Coloqué mis palillos en su funda y pregunté a un soldado:

—Oiga, señor, ¿sabría usted, por casualidad, en dónde se halla el quinto regimiento de voluntarios de Kentucky?

El soldado mordió un gran pedazo de tabaco, enarcó sus espesas cejas y me interrogó:

—¿Para qué?

—Tenemos que combatir en esa unidad —contesté.

El soldado se tomó ahora tiempo para acariciarse su larga barba que le colgaba hasta el vientre, y repuso:

—Pues bien, aquí no los encontraréis. Los hombres de ese regimiento desertaron todos ayer mismo... A menos que fuera anteayer...

Y después nos dio la espalda.

—Esto empieza bien —le dije a Josuah.

Mi estómago aullaba angustiado. A la vista del giro que tomaban los acontecimientos, no parecía probable que pudiera calmarlo pronto...

Finalmente, tras recorrer unos cien metros, Josuah se detuvo. Fiándome del olfato de mi amigo, alcé los ojos... Sentado en una silla plegable ante una tienda, un hombre fumaba su pipa, haciendo anillos de humo. En las hombreras de su camisa de gruesa lana brillaba un galón de oro. Supuse que se trataría de un oficial. Además, Josuah me confirmó esta idea:

—Más vale tratar con Dios que con los santos —declaró—. Vamos, Pete, le explicaremos nuestro caso a ese oficial.

Una banderola roja y gualda ondeaba perezosamente en lo alto de la tienda. En la parte roja, unas letras bordadas con hilo plateado anunciaban: *Oficial de Estado Mayor, 1.er Ejército*.

Tiré de la manga de Josuah.

—¿No te parece que es ir demasiado arriba para hacer una simple pregunta? Este pez gordo está indudablemente preparando el plan de ataque de su próxima batalla. Corremos el riesgo de que la emprenda con nosotros...

38

Josuah sacudió enérgicamente su rizada cabellera.

—¡Todo lo contrario, Pete! En la cabeza del ejército es en donde mejor conocen los problemas de la tropa. Confía en mí; este jefazo lo arreglará todo.

Mi amigo se colocó ante el oficial, se cuadró y le saludó reglamentariamente.

—Perdóneme la intrusión, mi... mi... Soy el soldado Josuah Ponce de León, y mil excusas por molestarle, mi... mi...

—Mi *ca...pi...tán* —completó el oficial con una sonrisa benevolente.

Ahora, plenamente seguro ya de sí, Josuah prosiguió:

—Verá lo que nos pasa, mi capitán. En el centro de reclutamiento de Washington, un cabo, no muy listo, nos destinó esta mañana a un regimiento que desertó ayer...

—O anteayer —añadí yo para mayor precisión.

—Es igual —continuó Josuah—. Ayer o anteayer, mi capitán. El caso es que aquí estamos Pete y yo, como dos almas en pena. ¡Y por la Virgen, así no ganaremos esta condenada guerra! ¿No es cierto, mi capitán?

Por los gestos del oficial comprendí que compartía la opinión de mi compañero. Tendió una mano bien cuidada.

—Dame tu boleto de destino, soldado Josuah Ponce de León.

Éste le presentó su documento, al que yo uní el mío. El capitán los leyó y reconoció:

—Pues es cierto, pero no habéis tenido suerte. El quinto regimiento de Kentucky puso pies en polvorosa en la noche del jueves al viernes. Esos mozos declararon que ya era tiempo de ir a recoger la cosecha. Tales desertores son la peste de nuestro magnífico ejército, y es reconfortante encontrar hombres como vosotros...

—Los reemplazaremos —gritó Josuah.

—No lo dudo —repuso el capitán.

Sus ojos se achicaron maliciosamente.

—Ese regimiento de Kentucky sólo se componía de diecisiete hombres. Pero eran unos granujas para quienes la cosecha es antes que la patria. Me alegra que hayáis venido, porque necesitamos a todo aquel que demuestre buena voluntad.

Josuah me lanzó una mirada de triunfo.

El oficial volvió el cuello en dirección a su tienda y gritó:

—¡Asistente O'Malley! Haz el favor de venir.

A través de la tela nos llegó un «A la orden, capitán».

El oficial lanzó entonces una mirada enérgica a Josuah.

—Soldado Ponce de León, ¿le agradaría combatir en una unidad de negros?

Josuah no titubeó:

—No tengo nada contra la gente de color, mi capitán. Sin embargo, y en razón de mis orígenes, y contando con su amabilidad, preferiría acompañar con mi gaita en el ataque a una buena tropa de escoceses.

El oficial pareció digerir aquello con dificultad. Y se fijó en el instrumento que Josuah apretaba bajo su brazo.

—¿Así que músico?

En lugar de responder, mi amigo adoptó un aire de modestia y concentró su mirada en las puntas de los zapatos. Yo respondí en su lugar:

—¿Cómo, músico? Josuah es famoso, mi capitán. ¿Sabía usted que el soldado Ponce de León es capaz de hacer brotar las lágrimas con su gaita? ¡Aguarde a oírle y ya me dirá!

El oficial se atusó las puntas de su bigote.

—¡De acuerdo, soldado Ponce de León! Destinado al tercer regimiento de Escocia. Se trata de una unidad selecta en la que tendrás ocasión de demostrar tu valor.

Dos bellas lágrimas cristalinas brillaron en los ojos blancos y enormes de mi amigo... Volví la cabeza para no dejarme arrastrar por la emoción.

El asistente O'Malley había salido de la tienda y estaba allí, cuadrado, tan rígido y desprovisto de expresión como la ballena de un corsé. El oficial garrapateó una nota y endureció su voz.

—¡Toma, O'Malley! Llevarás al soldado Ponce de León a los escoceses. Ya sabes, esos tipos tan mal hablados y que llevan faldas.

Josuah me estrechó la mano sin poder decirme una palabra. Mientras se alejaba, felicité al capitán.

—Puede decirse que ha dado en el blanco, mi capitán, enviando a mi compañero con sus compatriotas. Nada podía gustarle más. ¡Cuando pienso que aquel animal del centro de reclutamiento de Washington quería enviarlo con las mulas...!

—¡Soldado Pete Breakfast, no seas deslenguado! —me interrumpió el capitán—. Y ahora, dime en qué arma te gustaría más combatir.

—¡En la suya! —repuse de golpe.

—En ese caso, está hecho —contestó el amable oficial.

Y después, con tono de confianza, añadió:

—Temporalmente, estoy con el Estado Mayor. Soy el capitán Murdock y mando el tercer regimiento de cazadores de infantería. Por orden especial del presidente de los Estados Unidos, esta unidad ha recibido el inestimable privilegio de estar siempre en primera línea. ¡En el próximo combate, soldado Pete Breakfast, tú te lanzarás a la carga conmigo!

De un golpe se me heló la sangre y sentí mis piernas tan blandas como la franela... ¡Dios del cielo! En los muelles de Washington yo había oído hablar de aquel famoso capitán. Pasaba por ser un temerario suicida, ¡y ahora me veía alistado en su regimiento!

Decididamente, aquella condenada guerra comenzaba endemoniadamente mal.

4 *Galletas, pulgas y piojos*

Apenas llevaba un cuarto de hora en mi unidad y ya sentía que algo iba mal. Al principio, cuando entré en la tienda que me había sido reservada, advertí que estaba ocupada. El asistente O'Malley gritó:

—¡Apretaos un poco los de ahí dentro! ¡Os traigo un recluta!

Una voz nos llegó desde un rincón oscuro:

—¿Eres idiota o qué, O'Malley? ¡Ésta es una tienda para doce y ya somos veinticuatro!

El asistente del capitán Murdock se fue riéndose. Pero a mí aquello no me divirtió. Dentro de la tienda de lona había un olor que agarrotaba la garganta... un hedor mitad a mofeta mitad a grasa rancia. Y eso aunque las paredes de aquel refugio eran de tela y el aire pasaba libremente por los agujeros. ¿Qué hubiera sucedido de haber estado acantonados aquellos soldados en un cuartel de ladrillos?

Cuando mis ojos fueron acostumbrándose a la oscuridad, distinguí cuerpos tumbados por todas partes, y aunque el sol todavía no se hubiese puesto, algunos ya roncaban como descosidos.

Un golpe de viento alzó el trapo pringoso que servía de puerta y entró la luz. Me quedé extrañado: todos aquellos cuerpos pertenecían a paisanos... Bueno, juzgué que eran paisanos, puesto que ninguno de ellos vestía uniforme.

La voz airada que se había dirigido al asistente resonó de nuevo:

—Puedes venir hacia aquí, muchacho. Nos encogeremos un poco. ¡Pero no pises a los compañeros!

El trapo de la entrada había vuelto a caer. Aquello parecía un horno. Crucé como pude, no sin provocar gruñidos... «Bueno —pensaba—, si estos paisanos no están contentos, no tienen más que ir a trabajar con McCormick en Washington».

Tras bastantes peripecias, llegué cerca de la voz que me había hablado. Correspondía a un hombre que no podía tener un aspecto más extraño. Ni joven ni viejo, se tocaba con un gorro de trampero. Una camisa de cuadros verdes y malvas ceñía su cuerpo. Aquel bufón estaba descalzo y un pantalón, sin color ni forma precisos, completaba su indumentaria.

Estaba a punto de preguntarme en dónde había caído, cuando me tendió una mano tan grande como una estufa de asar castañas.

—¡Bien venido, amigo! Me llamo La Fayette.

Mi mano desapareció entre las suyas.

—Yo soy Pete Breakfast. ¡He oído hablar mucho de usted!

Una gran carcajada brotó entre los pelos que recubrían su rostro.

—En realidad, no soy el auténtico La Fayette. Los compañeros me llaman así porque mi bisabuelo nació en Rouen.

—¿Rouen? ¿En Nueva Jersey?

—¡No, hombre, en Francia! —rugió el barbudo, estallando de nuevo en risotadas.

—Entonces, ¡hurra por La Fayette! —declaré a fin de mostrarle la facilidad con que me acomodaba al ambiente de las tropas en campaña.

Después, La Fayette se fijó en mi instrumento de música y gritó:

—¡Eh, camaradas, despertad! ¡Ya no puede tardar el ataque! ¡Nos han enviado a un tambor!

Aquello fue un pandemónium.

Todos se levantaron al momento y cada uno quiso darme la bienvenida. ¡Qué confusión, Dios mío! La tienda estuvo a punto de derrumbarse ante el acoso de aquel zafarrancho.

Por fortuna, la gran voz de La Fayette se impuso al tumulto:

—¡Cuidado, compañeros, nada de pánico! Salgamos a hablar fuera o, de lo contrario, nos quedaremos sin un sitio en donde dormir.

Los menos excitados arrastraron a los demás. Sin embargo, aún se resistían algunos. La Fayette dijo a uno de ellos:

—Tú, Phil, vete a buscar leña y enciende un

fuego. Es preciso hacer café para festejar la llegada del tambor.

Me sentía halagado... y también sorprendido. No veía por qué suscitaba tanto interés mi llegada.

Cuando me quedé solo con La Fayette, se lo pregunté.

—Voy a explicártelo todo, muchacho. Pero espera un minuto a que me calce. Tengo frágil la planta del pie, y descalzo no puedo hablar bien.

Cogió dos tiras recortadas de una manta del ejército y comenzó a enrollarlas en torno a sus pies...

Aun a riesgo de humillarle, no pude evitar una sonrisa.

Al tiempo que se vendaba los pies con aquellos andrajos, La Fayette me dijo:

—Es preciso perdonar la rudeza de los camaradas, Pete. Compréndelo, hace ya demasiado tiempo que permanecemos en este campamento y forzosamente los muchachos se impacientan. El capitán Murdock nos repetía desde hace meses que sólo aguardábamos la llegada de un tambor para lanzarnos al ataque y hacer picadillo a esos condenados sudistas. Un soldado está hecho para combatir, ¿no es verdad, Pete? Y ahora que saben que has venido...

Lo entendí.

Por un lado, no podía evitar manifestar un cierto orgullo... Por otro, un poco de inquietud...

¡Así que el ejército del Norte sólo me esperaba a mí para empezar el combate! ¡Cáspita!, ese capitán Murdock me había confiado un puesto tremendamente importante.

Con el corazón ligeramente encogido, salí de la tienda en compañía de La Fayette. Se encargó de las presentaciones y fue entonces cuando supe que era cabo. Un hombre sencillo, en suma, uno de esos que no imponen su graduación en cuanto te ven.

Entre la veintena de tipos sentados en círculo había un individuo grueso y bajito que se llamaba Bumpy. Y también estaba Morton, un forzudo de Kansas que había perdido todos sus dientes por culpa del escorbuto. Artie era un ser corriente, excepto que se rascaba continuamente bajo los brazos, implorando a la Virgen.

Entre dos piedras, un mezquino fuego lamía el fondo de una cafetera de hierro estañado. Un pelirrojo alto y seco hacía girar la manivela de un viejo molinillo, que con toda seguridad databa de las guerras indias. Cada diez segundos, el pelirrojo alto sacaba un puñado de cebada tostada de un saquito de tela, llenaba su molino y volvía a moverlo con gesto distraído.

Para aliviar la atmósfera, y también para mostrar que estaba a gusto con mis nuevos amigos, dije en plan de broma:

—Pues si preparas el café con cebada, Oly, te apuesto mi camisa a que conseguirás el color; pero lo que es gusto...

Oly escupió en el fuego y Bumpy me explicó:

—Amigo, hace siglos que olvidamos cómo sabe el verdadero café. ¡En el tercer regimiento de cazadores nos sentimos muy felices con que La Fayette haya conseguido esa cebada! Ayer lo hicimos con alubias secas.

—¡Pestes! —dije yo—. Pero ¿es que la intendencia no sigue nuestros desplazamientos?

—Si esa condenada intendencia quisiera seguir al ejército, no le costaría mucho trabajo, porque nuestros regimientos aún no se han movido. ¡La verdad es que la tal intendencia no existe!

—¡Maldición! —grité entre dos sobresaltos de mi estómago—. ¡Y yo que no he comido nada desde ayer por la noche!

La Fayette me dio una palmada en la espalda.

—Pese a todo, nos las arreglaremos para remediar eso, amigo mío. Que no se diga que los cazadores de infantería han dejado morir de hambre al tambor de su regimiento. No somos ricos, pero tampoco nos morimos de hambre.

Buscó en el interior de su camisa a cuadros y me puso en la mano dos ruedecitas grises.

Pesaban bastante, tenían buena forma y un aspecto agradable.

—¿Para qué sirve esto, La Fayette?

La mayoría de los compañeros me miraron sorprendidos. Después, todos se echaron a reír al unísono. Bumpy calmó las convulsiones de su enorme vientre y declaró:

—¿Para qué sirve? Servir, no sirve para

50

nada. Dicen que son galletas, de las que fabrican los paisanos para la tropa. Hay que pensar que en retaguardia no comen eso.

Traté de hincarle el diente.

¡Imposible!

—¡Espera! —dijo Artie, tendiéndome una humeante taza de metal—. Sólo se pueden comer si las ablandas en líquido. Mételas en este café de cebada. Y si las prefieres saladas, puedes sazonarlas con pólvora de fusil.

Demasiado absorto con aquel curioso alimento, no había captado el tono de la broma. Pregunté ingenuamente:

—¿Estás seguro, Artie?

—¡Pues claro que sí! ¡Y alégrate de que esas dos estén frescas! Cuando estas galletas se ponen rancias se llenan de gorgojos. A Oly hasta le gustan los gorgojos. Dice que le recuerdan el gusto de la carne. ¡Virgen Santa!

Considerándome afortunado, metí una de las galletas en aquel brebaje...

¡Virgen Santa!, como decía Artie. Aquello era igual que tratar de ablandar un guijarro. Las galletas resultaban más duras que mis dientes... Al cabo de tres tentativas me acordé de Josuah. Gracias a su fervor patriótico me había introducido en un verdadero avispero. Bueno, después de todo yo era un tipo duro y las había visto peores. Y como Artie seguía rascándose, implorando a Nuestra Señora, mi buen corazón se apiadó.

—Amigo, creo que has atrapado la sarna.

Harías bien en darte una vuelta por la enfermería antes de que empeores.

—¡Virgen Santa! —rezongó—. ¡No es sarna! ¡Son los bichos!

—¿Los bichos? ¿Qué bichos?

—Las pulgas y los piojos —explicó La Fayette—. Aquí estamos todos plagados de la cabeza a los pies. Es la única riqueza que nos permite el ejército.

¡Condenado ejército!

Y como todos parecían acechar mi reacción, adopté la expresión de quien está de vuelta de todo.

—Te creo, La Fayette, pero pienso que exageras. Me estás diciendo que todos los soldados de este ejército viven en la más absoluta miseria; pero yo sólo veo que se esté rascando Artie.

—Eso es porque entre nosotros hay quienes tienen educación y finura y quienes no —afirmó La Fayette.

Bruscamente, se me pusieron los pelos de punta. ¡Acababa de recordar que La Fayette había sacado las galletas del interior de su camisa...! Emití un eructo involuntario.

—¡Uf! Cómo llenan estas galletas —dije para despistar, guardándome la segunda galleta en el bolsillo. Te las agradezco, La Fayette. Me comeré la otra mañana para desayunar.

A la caída de la tarde yo conservaba una actitud digna... Conservaba también un sabor raro en la boca, y mi estómago ya empezaba a hacer de las suyas. Para olvidar el hambre, cambié de conversación.

—Al grano, chicos. He leído en un cartel que se cobraban veinte dólares de prima al alistarse. Actualmente ando bastante mal de dinero y me gustaría que me dijerais los trámites que hay que seguir para cobrar.

Estas palabras desencadenaron una carcajada general.

Una voz airada gritó desde la tienda vecina:

—¡Vosotros, los de afuera! ¿No podéis dejarnos dormir?

Aquella observación calmó los espíritus. Morton me explicó, ceceando a causa de su falta de dientes:

—Si te has enrolado en el ejército con la esperanza de cobrar esa prima, has cometido un gran error, amigo mío. Aquí todos han oído hablar de esos famosos veinte dólares; pero nadie ha llegado nunca a verlos.

—¡Virgen Santa, eso es como la soldada! —añadió Artie, rascándose los pocos pelos que le quedaban en la cabeza—. Normalmente, deberíamos cobrarla cada mes. Pero siempre surge algún obstáculo y jamás hemos visto un céntimo de ese dinero. Los jefazos del ejército encuentran siempre alguna excusa oportuna para no saldar cuentas. Unas veces la paga no llega por culpa de una incursión de los indios; otras, la culpa es de los confederados, que atacan nuestros convoyes.

—La principal razón es —añadió Bumpy, que

poseía una octava parte de sangre india— que esos cochinos confederados no tienen escrúpulos. Esa calaña robaría a su padre y a su madre.

—¿Los confederados? ¿Quiénes son ésos? —pregunté.

Oly escupió en el fuego y estuvo a punto de apagarlo.

—Atiende, muchacho. Nosotros somos los federales. Los confederados, ése es el nombre que nosotros, los nordistas, damos a los sudistas. También los llamamos los *grises*. Nosotros somos los *azules*.

—Si he entendido bien, los sudistas son los grises.

—Exactamente —aprobó La Fayette.

—Pero, ¿por qué grises? —pregunté de nuevo.

—Bueno, a causa del color de su uniforme —repuso Artie—. De todas maneras, sudistas, confederados o grises, esos individuos son unas bestias, más que soldados.

Pero otra idea me rondaba en la cabeza.

—¿Y por qué nosotros somos los azules?

—Eres duro de mollera, chico. ¡Por el color de nuestro uniforme!

Difícilmente pude retener una sonrisa.

—Vas a creer que es que te quiero llevar la contraria, La Fayette, pero a juzgar por cómo vestís, más parecéis paisanos que azules.

—Naturalmente —repuso el cabo—, nuestros uniformes todavía no han llegado de Francia.

Esta vez perdí verdaderamente el hilo.

54

—A mí me habían dicho que sólo las mujeres de la alta sociedad hacían traer su ropa de París.

—Ésta no es una cuestión de moda o de esnobismo —añadió La Fayette—. Esta guerra nos ha cogido tan de sorpresa que nuestras fábricas de tela han resultado insuficientes. Entonces, el Gobierno ha tenido que encargar a Francia un *stock* de uniformes de carteros [1].

La cantidad de cosas que estaba aprendiendo... Ignoraba si Josuah se hallaba ya al corriente de las dificultades con las que nos encontrábamos, y me prometí informarle en cuanto pudiera.

¡Y Artie, que seguía rascándose! Perdí la paciencia:

—Artie, por favor, para un minuto. Ya sé que es muy molesto, pero... ¿Es que no sabes que hay una pomada contra los parásitos?

Artie puso unos ojos de perro apaleado.

—¡Virgen Santa, ya lo sé! Si pudiera usarla...

La Fayette aclaró:

—Ya hemos pensado en eso. En la enfermería tienen una pomada especial contra los parásitos. Artie la utilizó el mes pasado. Lo malo es que ese ungüento tenía un color verde manzana y Artie parecía un indio en pie de guerra. Ponte en su lugar, Pete; Artie tiene su dignidad. Además, esa pomada echaba un olor tan repugnante que el pobre Artie no podía dormir con nosotros en la tienda, de lo que apestaba.

[1] Auténtico.

No respondí. Empezaba a formarme una idea nueva del ejército de nuestra magnífica América...

No se trataba de desertar. En absoluto... Ya que me había alistado, me quedaría... Sin embargo, por precaución, y siguiendo el ejemplo de Artie, dirigí una oración silenciosa al cielo:

«¡Virgen Santa, protege a tu hijo de esos parásitos!»

5 *Un duro entrenamiento... y una nueva ración de galletas*

La FAYETTE no me había mentido; el ejército sólo esperaba realmente contar con un tambor para entrar en acción. Cambió completamente de aspecto al día siguiente de mi llegada.

Todo comenzó al amanecer, hacia las ocho o las nueve de la mañana. Dormíamos felices a pierna suelta cuando una voz tronó dando órdenes:

—¡En pie todos! ¡Firmes!

Despertados por aquel vozarrón, los compañeros se pusieron en pie, unos en camisa, otros en calzoncillos. Y como se mantuvieron erguidos y rígidos, aunque un tanto vacilantes, yo los imité.

El capitán Murdock, bien afirmado sobre sus dos piernas, con las palmas de las manos en las caderas, nos lanzó una mirada inquisitiva.

—¿Aún estáis dormidos? —gritó.

Después, dirigiéndose a uno de los dos tipos que le acompañaban, chilló:

—¡Sargento Polack, airéeme esa tienda! Aquí apesta a rata almizclera.

El interpelado acudió a abrir de par en par la cortina de la entrada. La luz matinal me hizo guiñar los ojos.

Luego, volviéndose hacia el segundo, el capitán Murdock declaró con fuerza:

—¡Mayor Greenwich! He aquí al tercer pelotón de la primera compañía de mi regimiento. Cada uno de ellos apesta más que su vecino. Usted se encargará de transformar este hatajo de inútiles en unos soldados.

—¡A sus órdenes, mi capitán! —gritó el mayor, haciendo entrechocar los tacones de sus botas.

La mirada crítica del capitán se posó en las llamas vacilantes que parecíamos nosotros. Cuando llegó a mí, esbocé un guiño. Murdock no respondió y siguió frío como un bloque de mármol.

Permanecí tranquilo. Indudablemente, el capitán tendría sus razones para ignorarme y, sin jactancia, creí adivinarlas. Aparentemente, no quería hacer saber a los demás que él había sido quien personalmente me había confiado el importante puesto que yo ocupaba. No le traicioné. En numerosas ocasiones había oído decir que en el ejército se acusa pronto a ciertos oficiales de actuar llevados por el favoritismo.

Fue entonces cuando un sonoro ronquido brotó de uno de los rincones de la tienda...

Murdock prestó atención.

—¿Qué es ese ruido, cabo La Fayette? ¿Cría usted cerdos?

—No es un cerdo, mi capitán —respondió el cabo—, es el soldado Perkins.

—¿Cómo... el soldado Perkins?

—Sí, mi capitán; Perkins aún duerme.

—¡Increíble! —rugió Murdock—. ¿Cómo puede tener el sueño tan profundo uno de mis hombres?

—Sin faltarle al respeto, mi capitán, creo que hay una disculpa —dijo La Fayette—: el pobre Perkins es sordo como una tapia. En consecuencia, no ha podido oír gritar «firmes» al sargento Polack.

—¡En ese caso, que se vuelva a su casa! —replicó Murdock—. El soldado Perkins queda licenciado por inútil. El ejército nada tiene que hacer con un individuo que no oye las órdenes.

—¿Ni siquiera como francotirador? —insistió La Fayette—. Usted sabe, mi capitán, que Perkins es famoso por su puntería.

—Ni siquiera así —manifestó Murdock—. Sería capaz de seguir disparando después de que yo hubiese ordenado alto el fuego.

Y el capitán se volvió hacia el mayor:

—¡Adelante, Greenwich!

Este último no perdió su flema. Pausadamente, se adelantó hacia donde se hallaba el durmiente, lo cogió por el cuello y, levantándolo con un solo brazo por encima de nuestras cabezas, lo arrojó fuera de la tienda.

Me quedé atónito... ¡Qué fuerza!

Claro que Greenwich no era ningún enclenque. Pero tampoco el camarada Perkins pesaría menos de noventa kilos...

Cuando el mayor volvió al interior de la tienda yo ya le miraba con otros ojos. Aquel hombre no medía menos de dos metros y tenía una constitución proporcionada a su talla. Sin un gramo de grasa. Decidí no tropezarme con él en el futuro. ¡Con mis cuarenta y cinco kilos no sentía deseos de vérmelas con él!

Desde entonces nadie volvió a ver a Perkins. Aquel buen camarada debió de llevarse una gran sorpresa. A menos que un alma buena hubiera conseguido explicarle, con gestos, la razón de su brusca y rápida desmovilización.

¡Y comenzó nuestro calvario!

Al sargento Polack se le había metido en la cabeza enseñarnos a marchar marcando el paso. Sí, aquello era un verdadero calvario. De la mañana a la noche sólo «un-dos, un-dos...» Recorrimos tantos kilómetros que los vendajes de tiras de mantas del cabo La Fayette no los resistieron. El infortunado tenía tan delicadas las plantas de los pies...

Durante la pausa del mediodía ni siquiera me quedaban fuerzas para mojar mi ración de galletas en el líquido negruzco que nos distribuía la intendencia. Las roía secas con los dientes, implorando a Dios que éstos resistieran hasta el final de la guerra. Al caer la tarde me derrumbaba sobre el jergón y me dormía como un tronco sin decir ni pío. Mis compañeros hacían otro tanto. Artie ya no se rascaba ni imploraba a la Virgen. Mucho antes de que llegara la noche, la tienda se llenaba de sonoros ronquidos. Es inútil decir que por la mañana era preciso despertarnos a cañonazos para sacarnos de las mantas.

Lo de *despertarnos a cañonazos* es una manera de hablar. Los artilleros no tenían que usar la pólvora para sacarnos del catre: la voz del sargento, áspera y siempre dispuesta a morder, producía el mismo efecto.

Soportaba mi cruz desde hacía tres días, cuando en el descanso de mediodía del cuarto tuve una idea. Fui a ver al sargento y le manifesté:

—Perdone mi atrevimiento, sargento, pero observo que sus esfuerzos distan de tener éxito. Por mucho que usted chille, Oly sigue caminando como un pato y Morton continúa dando pasos el doble de largos que los nuestros. En lo que concierne a Artie, eso es un desbarajuste, por la sencilla razón de que no sabe contar. En mi opinión, sargento, los *uno-dos* no son suficientes. Me parece que si yo marcara el paso con mi tambor, manteniéndome a su lado, todo iría mucho mejor. Los compañeros tienen el oído educado y le apuesto a que con un poco de música marcharán como verdaderos soldados de aquí a ocho días.

El sargento no lo pensó ni siquiera un minuto.

—No está mal —reconoció—. ¡Emplearemos esa táctica desde mañana por la mañana!

«¡Peste! —gruñí para mí mismo—, eso significa que voy a tener que seguir marcando el paso toda la tarde.»

Y una vez más hallé un recurso:

—Eso está muy bien, sargento; pero yo no pensaba que usted pondría en práctica tan pronto ese sistema. Tengo miedo de no hallarme dispuesto a tiempo. La piel de mi tambor está blanda a fuerza de no utilizarla. Necesitaré tensarla.

—¡Pues bien, ténsala!

Le dirigí una sonrisa afectada.

—Dentro de un momento volveremos a la instrucción, y marchando no es nada fácil. Lo ideal sería que me concediera permiso para repasar el instrumento musical.

—¡De acuerdo! Puedes marcharte. Pero, atención, no quiero vagos en la compañía. Mañana tiene que estar el tambor en disposición de funcionar cuando comience la instrucción.

—¡Allí estaré! —grité mientras corría hacia mi tienda.

¡Uf! Había ganado unas horas de descanso. ¿Cómo matar aquella media jornada sin fatigarme demasiado? Decidí dar un pequeño paseo hasta donde se hallaban los escoceses.

Hacía cinco días que no veía a Josuah. Pensaría que lo había olvidado. Tomé el tambor;

primero, porque así parecía más importante, pero también para el caso en que, por un desgraciado azar, me tropezara con el sargento Polack.

El regimiento escocés se hallaba acantonado al otro lado del valle. El camino suponía varios kilómetros. Lo emprendí con buen humor porque no me hallaba obligado a marcar el paso.

En realidad, fue un paseo. Me distraía, dejando vagar mi mirada por todas partes... Por allí un grupo de cazadores se entrenaba en el manejo de las armas. Más allá, unos artilleros aprendían a cargar sus cañones. Era el ejército en pleno, realizando ejercicios.

Los escoceses acampaban apartados de los demás regimientos. Sin duda, habían adoptado esta solución para no sufrir las vejaciones de los zuavos. El general en jefe de nuestro ejército quería que reinara una perfecta armonía entre todas las unidades. Pero los zuavos andaban a la greña con los escoceses; estos últimos se burlaban de los pantalones bombachos de los otros, y los zuavos preguntaban irónicamente a los escoceses en dónde compraban tan bonitas faldas plisadas.

Por mi parte, yo juzgaba aquellas bromas de mal gusto y perfectamente inútiles, ya que los zuavos me resultaban tan ridículos como los escoceses. «¡Apártate, que me tiznas, le dijo la sartén al cazo!»

Tropecé con Josuah por casualidad. En realidad, fue él quien me reconoció y me llamó:

—¡Eh, viejo trasto! ¿Pasas ante tu amigo sin estrecharle la mano?

Miré más atentamente al escocés que se hallaba a tres pasos de mí... ¡Pues sí! Era desde luego su negra figura la que aparecía bajo la boina con borla.

Estreché a Josuah en mis brazos.

—¿Qué tal vas, veterano? ¡Caramba, no hay quien te reconozca con ese traje! ¡Espero que lleves calzoncillos bajo la falda!

En otras circunstancias, Josuah se habría molestado. Sin embargo, feliz por el encuentro, se rió de mi broma.

—Has de saber que he sido incorporado a los gaiteros —me dijo—. Formo parte de un grupo con otros seis Highlanders. Pasamos el día juntos y tocando siempre. Es un trabajo muy absorbente. Al principio siempre había alguno que acababa la pieza antes que los demás, pero ahora esto ya va mucho mejor...

Se afirmó la boina, que sus cabellos rizados rechazaban como un resorte sobre su cabeza, y añadió:

—Nada más sencillo que tocar solo. Las dificultades comienzan en cuanto se forma orquesta. Nuestro capitán se esfuerza por comprobar nuestros progresos. En su vida de paisano rascaba el violín en un barco de ruedas que surcaba el Misisipi.

—Pues qué bien; a mí me ha tocado un sargento a quien se le ha metido en la cabeza que marque el paso.

Josuah hizo una mueca.

—¡Con tus facultades, qué despilfarro! Pero ten en cuenta que eso no tiene nada de extraño. En el ejército, los melómanos son raros y los verdaderos aficionados a la música se cuentan con los dedos de la mano. ¡Sobre todo en lo relativo al tambor!

Introdujo sus pulgares en el espléndido cinturón de piel de búfalo que ceñía su talle.

—Yo no tengo de qué quejarme. Aquí, entre nosotros los escoceses, la gaita es algo muy apreciado. A veces hasta damos conciertos.

—Naturalmente —añadí yo—, no he permitido que el sargento acabara con mis facultades musicales. Le he hecho advertir los beneficios del tambor y, a partir de mañana, Pete Breakfast será quien haga marcar el paso a los reclutas.

—Eso está bien.

Y después cambió de conversación.

Evocamos los recuerdos de los buenos tiempos, cuando todavía éramos paisanos. Tanto y tan bien que el final de aquella mañana resultó emocionante. Josuah se empeñó en interpretar para mí *Alouette, gentille alouette,* una canción que me gustaba mucho cuando vivíamos en nuestra choza del barrio portuario. Mi amigo hizo gimotear los tubos de su gaita con tanto talento que una gruesa bola de nervios me agarrotó la garganta. Una veintena de escoceses se había congregado en torno a nosotros; cuando Josuah concluyó rompieron a aplaudir.

Finalizadas las interpretaciones, Josuah me preguntó:

—¿Quieres comer conmigo? Tengo de sobra para los dos.

Josuah sabía arreglarse y estaba seguro de que aquella invitación significaría para mí una comida fuera de lo corriente. Acepté, esperando un pollo a la crema y buñuelos de harina candeal cubiertos con almíbar de arce.

Pero mi amigo hundió la mano en su morral y sacó unas galletas de soldado...

—¡Caramba! —grité—. ¡Casi se me olvida! Figúrate, Josuah, que antes de venir aquí preparé un guiso de carne de buey con judías pintas. Lo dejé en el fuego, y si no corro a removerlo se me pegará. Haces bien en tener provisiones en conserva. Yo, en cambio, me veo obligado a guisar...

Le estreché la mano con afecto y puse pies en polvorosa.

Dejaba tras de mí a un Josuah atónito. Y creo que eso no me desagradaba. Él había querido presumir conmigo y ése fue mi pequeño desquite.

Volví a mi regimiento ya avanzada la tarde. Cuando vi regresar al pelotón de la instrucción, empuñé mis palillos e hice un redoble.

El sargento vino hacia mí, escuchó, inclinó la cabeza y me dijo jovialmente:

—¡Perfecto! El tambor está ya en muy buen estado.

—No se preocupe, sargento —le contesté—. Mañana, al son de este instrumento, sus soldados marcharán todos juntos y al mismo paso.

Dos profundas arrugas surcaron su frente.

—Bueno... es que acabo de recibir nuevas órdenes. Mañana tengo que enseñaros a manejar el fusil.

Me estremecí. Conocía esos fusiles... ¡Pesaban una tonelada!

—¿Cómo, sargento? Espero que al decir eso no me incluya en el lote. ¡Yo soy el tambor del regimiento! No necesito aprender a utilizar un fusil.

Polack se quitó el quepis y se rascó la cabeza.

—El capitán Murdock no me ha hablado de ninguna excepción.

Era urgente alcanzar su fibra sensible.

—Seamos serios, sargento. Para tocar el tambor hace falta tener un palillo en cada mano. ¡Es indispensable! ¿Con qué iba a sujetar el fusil en esas condiciones? ¡Yo no soy un monstruo de feria!

Le había conmovido; pero continuaba aferrado a su idea.

—El capitán pretende que todos los hombres sepan disparar. No ha dicho que el tambor se halle exento.

De repente, su rostro se endureció, y bramó:

—¡Soldado Breakfast, tendrás que arreglártelas como puedas! Si sólo tienes dos manos, la culpa no es de mi regimiento.

No tuve tiempo de preguntarle en qué regimiento tenían tres manos los tambores. Dio media vuelta y se alejó.

Por fortuna, en el ejército hay órdenes y contraórdenes. Al día siguiente el sargento nos informó de que nuestros uniformes habían llegado. Nos puso en columna de a dos y nos llevó, marcando el paso, hasta el carro de intendencia.

El sargento Polack había juzgado, indudablemente, que para un soldado era más importante llevar uniforme que saber cargar un fusil.

Los muchachos de intendencia descargaban enormes fardos de uniformes. Cada uno de nosotros recibió una guerrera, un pantalón y un quepis azul.

La guerrera y el pantalón eran de un tejido excelente y grueso. ¡Esos franceses sí que sabían hacer ropa! Entonces comprendí por qué nuestras bellas damas les compraban sus vestidos.

Sin embargo, La Fayette examinó nuestros uniformes y se dirigió al cabo furriel:

—Oye, amigo, no sé si has observado que entre nosotros los hay altos y bajos, delgados y gordos. Pero tú le das cualquier cosa a cualquier soldado, y ninguno de mis hombres está vestido correctamente.

—¡A mí qué me cuentas! —replicó el otro—. Cambiadlos entre vosotros.

¡Debíamos haber pensado en eso!

Bumpy, que tenía la constitución de un barril, tomó el uniforme en el que había desaparecido Artie. Oly, largo como un día sin pan, ya no flotó en el de Morton, y éste pudo, por fin, abotonarse. En un abrir y cerrar de ojos todos llevaban uniformes a la medida.

Pese a estos numerosos intercambios, yo fui la víctima de la situación. Ninguno de aquellos uniformes era lo bastante pequeño para mí.

—¡Mire, sargento Polack! —grité—. Podíamos criar una familia de osos en cada bolsillo del uniforme que me ha caído. Las mangas me llegan a las rodillas y los pantalones se me caen. Si los sudistas me ven disfrazado así, me tomarán por un espantapájaros. ¿Y qué opinión se formarán de nuestro ejército?

Inconscientemente había tocado la fibra adecuada para emocionar a aquel militar. El sargento interrogó con la mirada al cabo furriel. Éste se encogió de hombros:

—¡Yo no puedo hacer nada! Supongo que no emplearán mequetrefes en el Correo francés.

El furriel habría hecho mejor cuidando su lenguaje. La Fayette, que enrollaba sus tiras alrededor de los pies, se alzó de un salto:

—¿Mequetrefes? ¿Es que estás insinuando que en el tercer regimiento de cazadores de infantería hay mequetrefes? ¡Si buscas camorra vas a encontrarla!

Yo enrollaba ya mis mangas; pero La Fayette me tomó de un hombro y me arrastró:

—¡Ven, tambor! Vamos a arreglar esto. Conozco un tipo de la segunda compañía que hace milagros. Ha sido maestro sastre en la marina. Por una botella de ron te arreglará este uniforme en un abrir y cerrar de ojos.

Esbocé una pálida sonrisa.

—Pero La Fayette, ni tengo ron ni un céntimo para comprarlo.

—Eso no importa —afirmó el cabo—. Ese tipo tiene todos los vicios, masca tanto como bebe. Le ofreceré un rollo de tabaco.

Un verdadero compañero este La Fayette. Siempre dispuesto a ayudar a un soldado en apuros.

EL EX MARINERO respondía al sobrenombre de Remendón. Complementaba la soldada que jamás cobró con pequeños trabajos de sastrería.

Lo encontramos mano sobre mano, sentado ante una tienda. La Fayette le dijo:

—¡Hola, Remendón! Vas a hacernos un magnífico uniforme con estos pingos. Y no te equivoques en las medidas; se trata de vestir al tambor Pete Breakfast, aquí presente.

Remendón salió de su somnolencia, me juzgó de un simple vistazo, palpó el tejido y concluyó:

—La tela es buena. Lo arreglaré, pero con dos condiciones.

—Di —repuso La Fayette.

—Primera, me quedaré con lo que sobre, para hacerme un chaleco. Segunda, como ya no tengo hilo, coseré esto con el bramante encerado que utilizaba para arreglar las velas de los barcos. Me queda un buen ovillo.

—¿No resultará demasiado llamativo? —me inquieté.

—En absoluto —me tranquilizó Remendón—. Quizá las mangas resulten un poco ásperas, pero nada más. No se notará.

—De acuerdo —anuncié al sastre—. Cuando vuelva a recoger el uniforme te traeré un rollo de tabaco.

—¿No tienes ron? —preguntó, desilusionado, Remendón.

Le expliqué que no poseía ron ni dinero para comprarlo. Remendón lanzó un hondo suspiro:

—Conforme con el tabaco, muchacho.

Y me hizo saber que mi uniforme estaría listo para la mañana siguiente.

De regreso, La Fayette me dijo:

—Dentro de nuestra desgracia hemos tenido una suerte extraordinaria, Pete. Remendón me parece que está ahora sin aguardiente. Con unos tragos había sido capaz de hacerte el uniforme al revés. Sin beber, tengo la seguridad de que te sentará como un guante.

Yo me mostraba confiado y se lo dije francamente a La Fayette. Remendón nos había dicho que no podía hacer nada con el quepis, que resultaba demasiado grande para mí. Pero La Fayette se encargó de enseñarme cómo rellenar el fondo con hierba bien seca para que no se me cayera sobre los ojos.

Yo estaba feliz. Y, cuando recobré mi tambor, di rienda suelta a mi optimismo, ofreciendo una serenata a los compañeros... ¡Tocaba tan bien que Oly me pidió que lo repitiera!

Dormí mal aquella noche. No dejaba de pensar que al día siguiente me encontraría vestido de soldado... ¡Y a la medida, por añadidura!

Estaba deseando ir a ver a Josuah con mi nuevo uniforme. ¡Menuda cara pondría...! Estaba seguro de que me tendría un poco de envidia.

Al amanecer, y con gran dificultad, conseguí conciliar el sueño.

Cuando tocaron diana, estaba soñando que sacaba brillo a los magníficos botones de cobre de mi uniforme de cazador de infantería.

6 Una definición de «libertad», y en marcha hacia la guerra

REMENDÓN había realizado un trabajo de titanes. Realmente había sabido ganarse su rollo de tabaco. El antiguo uniforme del cartero francés se había convertido, gracias a su arte, en la magnífica indumentaria de un soldado americano. ¡No podía sentarme mejor!

Como Remendón me había prevenido cuando le hice el encargo, las vueltas de las mangas quedaban un poco ásperas. En cambio, las enormes puntadas no se veían y, dejando a un lado la modestia, podía enorgullecerme de ser el más elegante de toda mi unidad.

Por lo que sabía, yo era el único del tercer regimiento de cazadores de infantería que llevaba un uniforme hecho a la medida..., con la excepción, quizá, del capitán Murdock.

En cambio, el quepis, con su tendencia a caérseme sobre la nariz, me causaba algunos problemas. Pero no me preocupaba demasiado. El buen La Fayette, siempre lleno de recursos, había examinado largo tiempo mi tocado. Después había declarado con un brillo malicioso en los ojos:

—No te preocupes por esa bagatela, Pete. Por lo visto, la hierba metida en el fondo no basta para que te lo cales correctamente. Voy a ponerle un barboquejo a ese maldito quepis. ¡Te lo anudas con fuerza bajo la barbilla y ya verás cómo se mantiene definitivamente en su sitio!

Es increíble lo que un uniforme puede transformar a un hombre. No sólo física, sino también moralmente.

Ahora que nos habíamos convertido en auténticos «Azules», nuestras conversaciones subieron de tono. Naturalmente, Artie continuaba quejándose a la Virgen, y Oly seguía jurando como un cochero de diligencias. Pero el fondo de nuestra charla tenía un carácter más serio. Bumpy, por ejemplo, no cesaba de enviar a los sudistas a todos los diablos del infierno, y pronunciaba interminables discursos durante los cuales condenaba la esclavitud.

Bumpy hablaba bien. ¡Tenía inspiración! Decía a quien quería oírle que los hombres nacían iguales y que ninguno de nosotros tenía el derecho de oprimir a otro. Sus largos monólogos me hacían pensar en los de Josuah. Y yo compartía plenamente las ideas de Bumpy. Creía firmemente que en esta tierra había un lugar para cada uno, tanto para los escoceses como para los negros y los americanos.

A veces Bumpy se volvía tan grandilocuente que ya no conseguía entenderle. Una noche, sentados todos en torno al fuego, tuve que pedirle algunas aclaraciones.

—Dime, Bumpy. Tú hablas continuamente de unos hombres que oprimen a otros. Pensarás que soy estúpido, pero me pregunto si semejante proceder existe todavía en nuestros días.

Bumpy abrió unos ojos tan grandes que me hizo arrepentirme de haber abierto la boca. Exclamó:

—¡Dios mío, Pete! Entonces, ¿por qué te has alistado en el ejército del Norte?

—Para seguir a mi amigo Josuah, que no parecía creer en la expansión de la industria americana —le respondí.

Después, ante su aire furibundo, me apresuré a añadir:

—¡Y también para defender al país!

Bumpy era un patriota; yo lo sabía. Pero desde que se había endosado el uniforme de los carteros franceses se había tornado especialmente quisquilloso en ciertos asuntos.

Como Bumpy me miraba intensamente, temí haber dicho una gran estupidez, una de las que le ponían fuera de sí. Finalmente, habló:

—Te has enrolado para luchar a nuestro lado, pero ¿contra quién crees que luchamos?

Eso lo sabía de memoria. Grité:

—¡Hombre, contra esos cerdos sudistas!

Pero estaba claro que Bumpy pretendía acorralarme. Prosiguió interrogándome:

—¿Y qué es lo que piensas que nosotros, los nordistas, reprochamos a los sudistas?

—Pues que son confederados —aventuré.

Bumpy respiró hondo y su nariz palpitó. Al advertir que iba a perder la calma, La Fayette intervino:

—Confederado y sudista es lo mismo o parecido, Pete. Un poco como cataclismo y calamidad. ¿Entiendes lo que quiero decir?

Asentí, meneando los párpados. El cabo continuó:

—Esos sudistas confederados mantienen a los negros en la esclavitud. Los hacen trabajar todo el año en sus campos de algodón sin darles un céntimo siquiera. En el Sur los esclavos son vendidos en subasta como si fueran ganado, los niños separados de sus madres, y los maridos de sus mujeres. Esos pobres desgraciados no tienen más derecho que el de callarse...

La Fayette tosió para hacer pasar el sollozo que le obstruía la garganta, y prosiguió:

—Nosotros, los del Norte, cuyo orgullo consiste en representar la libertad y la civilización, no podíamos seguir tolerando esa manera de proceder en nuestro magnífico país. Por eso nuestro buen presidente Lincoln decidió acabar con semejante estado de cosas.

Poco a poco comenzaba a verlo todo claro.

—¿Y qué sucederá cuando hayamos ganado esta guerra, La Fayette?

—Pues que liberaremos a los esclavos negros para que puedan trabajar en nuestras fábricas.

¡Lo había entendido!

Sin embargo, me abstenía de formular mi pensamiento. Bumpy me vigilaba con el rabillo del ojo y no quería chocar con él... ¡Ya tenía bastante con una guerra!

Midiendo mucho mis palabras, pregunté sencillamente, con tono anodino:

—Esos negros, ¿son numerosos en el Sur?

—Dicen que unos novecientos mil.

—¡Caramba! ¡Buena mano de obra!

Bumpy se levantó y anunció que iba a satisfacer una necesidad natural. Aproveché para sondear a La Fayette:

—¿Crees tú, sinceramente, que esos negros serán más libres dentro de nuestras fábricas? Yo he trabajado en los cuentagotas de los establecimientos McCormick, y créeme que aquello no era el paraíso. Además, he oído hablar de las fundiciones de Pittsburgh, las que forjan nuestro buen acero americano, y según lo que se cuenta, dudo de que sean unos lugares de placer. ¡Me apuesto a que si ponemos a los negros del Sur ante los hornos en donde se funde el metal de nuestros cañones, muy pronto echarán de menos sus campos de algodón!

Morton intervino:

—Tienes razón, chico. ¿Pittsburgh? ¡Eso es el infierno! Pero en el país no hay sólo fundiciones. Las compañías ferroviarias del Norte buscan también obreros para tender raíles.

«¿Tender raíles? ¡Puaf!», pensé para mí, a fin de no molestar a Morton, que había ejercido ese oficio en su Kansas natal. Recordaba las dificultades con que tropezaron la *Unión Pacific* y la *Central Pacific* cuando hubo que unir el Este y el Oeste de la nación: los ataques de los indios en las llanuras, el frío en las Montañas Rocosas, los osos, los bosques que fue preciso desbrozar a mano, y tantas otras cosas más... Estaba seguro de que aquellos pobres negros del Sur iban a pagar cara su emancipación. La libertad y la civilización no eran más que palabras que ocultaban una vida dura de trabajo. ¿No habría pensado quizá en eso nuestro buen presidente Lincoln?

Bumpy regresó, atándose el cinturón. Me guardé mis reflexiones. Sin embargo, no creía que se pudiera hacer a un hombre feliz sacándole de un campo de algodón para meterlo en una fábrica o para hacer que tendiera raíles. Si Morton hubiese dicho que íbamos a liberar a los negros para dejarles que escogieran una ocupación de acuerdo con sus gustos, lo habría comprendido... En fin, yo no era el presidente de los Estados Unidos, sólo un tambor que iba a tocar a la carga durante esta condenada guerra liberadora...

Seguía torturándome las meninges, cuando La Fayette anunció:

—Mira, hablando del rey de Roma, por la puerta asoma.

Levanté la cabeza.

Las llamas de la hoguera iluminaban el negro rostro de Josuah. Entonces, ya ni siquiera me apetecía hacerle admirar mi magnífico uniforme; eran demasiadas las ideas confusas que rondaban en mi cabeza. Sin embargo, lo presenté a todos.

Oly le dio la bienvenida a su manera.

—Por lo que veo, hijo, estás con los escoceses. ¡Una famosa unidad, según se dice! Supongo que habrás contado con una buena recomendación para entrar en ese regimiento.

Josuah era todo sonrisas.

—No fue necesario, teniendo en cuenta mi origen.

—¿Tu origen? —preguntó Artie, arrancándose la piel del cuello con sus uñas—. Santa Madre de Dios, ¿qué origen?

—Soy de pura estirpe escocesa —precisó orgullosamente mi amigo—. Por mi padre...

—¡Ya lo ves, Pete! —exclamó Bumpy—. En el Norte, los negros escoceses pueden enrolarse como auténticos ciudadanos. En el Sur se les considera como bestias, ni siquiera aptos para disparar con los blancos.

Me callé. Esos asuntos del color tenían el don de poner a Josuah fuera de sí, y no quería chocar con él. Preferí que se entendiera solo con Bumpy.

Contrariamente a lo que cabía esperar, Josuah no estalló. Al revés, parecía haber hallado en la persona de Bumpy un interlocutor digno de su filosofía. Iniciaron una animada conversación en la que se trató del liberalismo, de la igualdad entre las razas... y no sé qué más.

Eran las nueve. Hacía ya tiempo que se había hecho de noche, y creo que el debate se habría prolongado hasta el alba de no haber empezado bruscamente a sonar por todas partes las cornetas.

El sargento Polack llegó gritando:

—¡En pie, hatajo de vagos! ¡Morral a la espalda y en marcha! ¡Empieza la campaña!

Me puse en pie de un salto.

—¿Qué dice usted, sargento? ¿Lo he entendido bien? ¿Levantar el campamento en plena noche? Podía haber esperado a que amaneciera. ¿Cómo vamos a encontrar nuestras cosas? No se ve nada.

—¿Habría preferido el señor que le consultara el general antes de ordenar el ataque? Al señor le gusta sin duda la comodidad...

Después, sus cejas se juntaron por encima de su nariz.

—¡Hala, tambor! Coge tu instrumento y despiértame a esta banda de zoquetes que llevan aquí durmiendo desde hace varios meses. ¡Antes de cinco minutos quiero ver a todo el mundo en pie de guerra!

Una orden es una orden. Me apresuré.

Decidí interpretar el himno nacional para dar un poco de ánimo a los compañeros.

Con un palillo en cada mano, y concentrado en el compás, no pude ni siquiera abrazar a mi amigo Josuah. Me dirigió un simple saludo y se alejó, gritándome:

—¡Hasta uno de estos días, Pete! ¡En el frente!

¿En el frente? ¡Caramba, pues tenía razón! ¿Por qué íbamos a ponernos en camino en plena noche si no fuese para dar la batalla a los sudistas? Permanecí absorto un largo minuto. Pero los temblores que se transmitían a lo largo de mis brazos siguieron marcando el compás por mí.

7 *Una marcha agotadora y la promesa de una gran victoria*

ACABABA precisamente de recoger mis efectos cuando el asistente del capitán Murdock hizo irrupción en la tienda.

Ese O'Malley debía de tener ojos de gato, porque me localizó inmediatamente en la oscuridad. Llegó hasta mí en un par de zancadas.

—El mandamás te llama, chico. ¡Apúrate!

—¿El mandamás? ¿Y quién es ése?

El asistente esbozó un gesto de fastidio.

—Se me olvidaba que no eres más que un recluta y que no conoces la jerga militar. El mandamás es el capitán Murdock.

—¿Y sabe que le llamas así?

O'Malley se echó a reír.

—¡Pues claro que no! Le llamamos así a sus espaldas.

Concluí de enrollar mi manta y la pasé en

torno a mi cuello... ¡El mandamás! ¡Qué vulgaridad!

Me eché el macuto al hombro y cogí el tambor.

¡El mandamás! Poniéndome al paso del asistente, me prometí que jamás llamaría así a un hombre que había sido tan amable conmigo. Y, además, el capitán Murdock se había ganado sus galones en el campo del honor, en primera línea. Lo menos que cabía hacer era guardarle el respeto que se merecía.

Aunque me era difícil distinguir gran cosa, pude comprobar que los cornetines habían creado una magnífica confusión. Órdenes y contraórdenes brotaban de todas partes; los soldados corrían en todos los sentidos, completamente despistados. Estuve incluso a punto de que se me cayera una tienda encima cuando un individuo de ingenieros retiró el palo central.

De todas partes surgía un estruendo descomunal: entrechocar de escudillas, juramentos de soldados, relinchos de los caballos y de los cabos, impacientes por dar muestras de celo.

Y se alzó la luna, iluminando la escena...

¡Caramba! Qué espectáculo tan magnífico el de aquellos oficiales con los puños en las caderas, vomitando órdenes por doquier. Y aquellas tiendas que se desinflaban como vejigas reventadas y se esparcían por el suelo, lanzando suspiros desesperados... Y aquellos tipos de caballería que rodaban por el polvo tratando de separar a las yeguas de los sementales...

Después de innumerables empujones, el asistente me condujo hasta un lugar despejado y me indicó con el dedo una enorme tienda de campaña.

—Allí es.

Entré seguro de mí mismo.

La tienda del capitán era bastante más grande que la del tercer pelotón. Se hallaba dividida por la mitad. La primera parte hacía de despacho, y la segunda de dormitorio.

Igual que a mí, al capitán Murdock lo había sorprendido la orden de levantar el campamento. Lo hallé en trance de ponerse unos pantalones azules de listas rojas por encima de unos calzoncillos largos y rayados.

Tosí para anunciarme, me cuadré y dije con firmeza:

—¡El tambor Breakfast a sus órdenes, mi mandamás! Perdón, quería decir mi capitán.

El oficial gruñó entre dientes:

—¿No puedes llamar a la puerta antes de entrar en donde está un superior? —me gritó.

Comprendí que le había molestado que le viese en calzoncillos. Sin embargo, no tenía por qué aprovecharse de la situación para descargar contra mí sus nervios. Repliqué, devolviéndole la pelota:

—Mi capitán, para llamar a la puerta habría sido preciso que su tienda tuviera una puerta. Pero fíjese, sólo un simple mosquitero separa su despacho de su dormitorio.

Murdock abotonó sus tirantes amarillos y se

ciñó un ancho cinturón de cuero. Gruñó de nuevo:

—¡Tambor, toca llamada! Y no ahorres fuerzas, quiero que se oiga más allá del horizonte.

La luna acababa de ocultarse tras una gruesa nube, velándome el horizonte. En consecuencia, y puesto que no podía estar seguro de dónde se hallaba, arremetí contra el pellejo del tambor con todas mis fuerzas.

—¡Aquí no! —chilló el capitán—. ¡Fuera!

Metió sus brazos en las mangas de su guerrera llena de galones y gritó mientras yo salía:

—¡O'Malley! ¡Tráeme el sable! ¿O es que tengo que decirte siempre lo que necesito?

Evidentemente, el capitán Murdock estaba de pésimo humor. Pero, a pesar de su tono avinagrado y de su aire fanfarrón, no era una mala persona. En realidad, experimentaba la necesidad de afirmarse para ocultar su complejo: el hecho de llevar cinturón además de tirantes explicaba suficientemente la falta de confianza en sí mismo que tenía.

Mis redobles tuvieron como consecuencia la reunión del regimiento. El mayor Greenwich llegó con la primera compañía y el sargento Polack hizo alinear al segundo pelotón ante la tienda del capitán Murdock. Tenía durante aquella guerra todas las posibilidades de ascender a sargento mayor.

Polack contó a sus hombres y vociferó:

—¡Segundo pelotón completo, mi capitán! A

excepción del soldado Breakfast, que ha sido destinado al Estado Mayor con su tambor.

La Fayette me hizo un guiño que quería decir: «¡Esta vez va de veras!». Yo le respondí frunciendo las ventanas de mi nariz, y Murdock dio la orden de que nos pusiéramos en marcha.

Inmediatamente después de la partida corrió entre las filas el rumor de que nos dirigíamos al Norte, a Bull Run. Personalmente, no creí una palabra de aquello. ¿Cómo íbamos a encontrarnos con los sudistas marchando en aquella dirección, puesto que Bull Run se hallaba al oeste de Washington?

Oí a lo lejos las gaitas del regimiento escocés. Pensé por un momento en Josuah. ¡Se sentiría feliz guiando a sus compatriotas hacia el enemigo!

El sargento Polack caminaba a nuestro lado. El capitán montaba un gran alazán. Erguido sobre su silla, parecía absorto y no había abandonado su aire ceñudo. Sin duda pensaba, como yo, que nuestro ejército hacía demasiado ruido para sorprender a los sudistas.

¡Qué escándalo, amigos míos! Los ejes de los carromatos de aprovisionamiento maullaban como gatos monteses, y el ruido de las ruedas de la artillería de campaña recordaba el chillido de los cerdos. Pero la caballería se llevaba la palma. Los caballos relinchaban con todas sus fuerzas y los millares de cascos que golpeaban el suelo hacían un ruido terrible... Aprovechándome de que el capitán cabalgaba cerca de mí, creí conveniente comunicarle un poco de mi experiencia:

—Usted sabe, mi capitán, que cuando los indios quieren desplazarse silenciosamente envuelven los cascos de sus *poneys* con trapos.

Evidentemente Murdock no tenía ningún deseo de profundizar en la cuestión. Me replicó:

—¡Los indios son indios, y nosotros, soldados de la Unión!

¡Pues claro! Pero eso no impedía que yo estuviera convencido de que el método de los pieles rojas era bueno.

El mayor Greenwich me había ordenado que marcara el paso con mi tambor, para ayudar a estos hombres en la marcha nocturna. Así pues, realicé un breve redoble seguido de dos golpes secos... y volví a empezar. La música era lo suficientemente monótona como para hacer rebuznar a un asno. No me gustaba; pero la ejecutaba por deber, y también para no tener que habérmelas con aquel temible oficial.

Y empezó a llover...

Cuando cayeron las primeras gotas, bendije aquel don del cielo. Juzgué que una llovizna borraría el polvo... Pero un relámpago iluminó la noche y el agua empezó a caer a cántaros.

Desde luego, nadie pensó en decirnos que nos pusiéramos a buen recaudo. Con aquella tromba estuve a punto de perder todo mi optimismo. Mi quepis, bajo el peso del líquido que lo empapaba, empezó a caérseme sobre los ojos y no quiso mantenerse sobre mi cabeza. En razón de la precipitación de nuestra partida, La Fayette no había tenido tiempo de ponerle un barboquejo y no me quedaba más remedio que soportar con paciencia mi situación. Pero no sin gruñir entre dientes, igual que el capitán.

Y después, poco a poco, mi tambor se negó a cumplir su papel. La piel se había vuelto tan blanda que mis palillos caían sobre ella con un ruido apagado, como cuando estás batiendo una tortilla. El mayor Greenwich se extrañó de mi silencio. Sin embargo, no me hizo ninguna reflexión malhumorada. Afortunadamente para él, puesto que, de otra manera, le habría dicho que fuera a discutir el asunto... con Dios Padre.

¡Por lo que se refiere a mi uniforme, más vale no hablar! El grueso paño chupaba tanta agua, que al cabo de un cuarto de hora tenía la impresión de hallarme envuelto en una esponja empapada.

¡Y no es que yo fuera un alfeñique! Lo que pasa es que nunca pensé que la guerra se realizaría en tales condiciones. Corría el peligro de atrapar una pulmonía y empecé a odiar a los carteros franceses, así como a los fabricantes de aquel maldito paño.

Finalmente, hacia las ocho de la mañana apareció el sol. ¡Un sol maravilloso y reconfortante! Por lo menos eso fue lo que pensé en aquel momento... hasta que todos los uniformes del tercer regimiento de cazadores de infantería empezaron a humear al mismo tiempo. Caminábamos rodeados de un halo de vapor. ¡Nuestra unidad devolvía al generoso cielo un buen millar de litros de agua!

Nos secamos. La piel de mi tambor recobró parte de su rigidez. Inmediatamente me asaltó el mayor:

—Vamos, tambor, ¿a qué esperas para marcar el paso? ¿No ves que estos hombres necesitan que alguien los anime?

Volví a tomar mis palillos e inicié unos compases alegres y con buen ritmo. Del segundo pelotón brotaron varios hurras.

El sol de aquel mes de julio me hacía olvidar el frío que había pasado... ¡Pero quizá demasiado! Hacia las nueve de la mañana un reguero de sudor corría por entre mis omóplatos y llegaba hasta la intimidad del final de mi espalda.

¡Maldita sea! ¿Por qué los franceses vestían a sus carteros con un paño tan grueso? Juré que jamás pondría los pies en Francia, y que, eso mucho menos, jamás compraría mis trajes en aquel país.

¡Y el dichoso tambor, que me golpeaba las rodillas a cada paso! ¡Acabaría por tener las rótulas amoratadas! Pensándolo bien, no entendía por qué se me había ocurrido aprender a tocar aquel instrumento. Si hubiese podido rehacer mi vida, habría pedido a Josuah que me enseñara a tocar el flautín.

Desde nuestra partida no habíamos dejado de oír un solo segundo las gaitas. No había error, aquellos escoceses constituían un regimiento selecto. ¡Hombres indestructibles, con toda seguridad! Los envidiaba de todo corazón.

Y tras marchas y pausas, cortas y no demasiado numerosas éstas, llegamos a Bull Run. En cuanto el capitán Murdock dio la orden de detenernos, cada uno de nosotros se desplomó en donde se hallaba. ¡Sólo habíamos recorrido unos cincuenta kilómetros, y yo tenía la impresión de haber atravesado todo el país!

Corrió de boca en boca un rumor tranquilizador. Así supe que las unidades concentradas en Bull Run constituían un ejército de treinta mil hombres. Con eso había con qué aplastar a los sudistas de una vez por todas.

Ahora nos hallábamos a las órdenes del general de brigada McDowel. Probablemente un escocés. Aquello le gustaría a mi amigo Josuah si se enteraba de la noticia. Además, McDowel era un jefe militar con talento, a juzgar por lo que se decía de él... Sí, los sudistas iban a saber lo que era bueno. Me convencí todavía más de aquello cuando supe el nombre de su general en jefe, un tal Beauregard... ¡Un apellido francés!

Empecé a detestarlo inmediatamente.

8 Una conversación poco amable y una fiesta que acaba mal

Eᴌ ASPECTO de Bull Run no ofrecía nada de particular, como no fuera que se trataba de un lugar agradable. Apenas ondulado y cubierto a trechos por bosquecillos, el terreno parecía ideal para descansar. Hacia el norte se alzaba la cadena de colinas que había dado su nombre al paraje. Detrás, y más lejos, ya en el horizonte, podía distinguir las cimas de las Blue Ridge Mountains. En sentido opuesto a estas montañas divisaba perfectamente la línea del ferrocarril que se dirigía a Washington... Aquel nudo ferroviario, llamado Manassas Junction, era para mí un enigma; varias preguntas se agolpaban en mi mente y, no hallando manera de responderlas, me vi obligado a interrogar al sargento Polack.

—En serio, sargento, ¿cómo es que a nadie se le ha ocurrido que viniéramos por tren en lugar de hacernos andar por tan mal camino? ¡Véalo usted mismo, la línea férrea está a un tiro de piedra!

Esta observación turbó considerablemente al sargento. También él le daba vueltas a la misma idea, y acabó por responderme secamente:

—Un soldado del tercero de cazadores no debe tener miedo de andar un poco...

—¿Andar un poco? —le dije, sorprendido—. ¿Cómo se le ocurre decir eso? ¡Hemos caminado nuestros buenos cincuenta kilómetros!

Completamente desprovisto de lógica, concluyó:

—No somos tropa de a tren, ¡somos de infantería!

Parecía irritado. A fin de que no se enfadara aún más, me reservé mis opiniones. Sin embargo, no las olvidé. Recordaba haber visto una vez en el oeste del país todo un regimiento de caballería en un tren. ¡Y, además, con sus caballos y todo! Es cierto que viajaban en los vagones de ganado, pero de cualquier forma...

Para interrumpir mis reflexiones me absorbí en la contemplación del paisaje. No estábamos solos en Bull Run. Había también otros muchos regimientos. Las puntiagudas tiendas cubrían todo el terreno hasta las faldas de las colinas.

La admiración me embargaba... De repente, una mano se posó sobre mi hombro. Me volví... Allí tenía a Josuah, que me brindaba la mejor de sus sonrisas.

—¡Condenado soldado! —exclamó—. ¿Qué tal vas?

Después lanzó un silbido para subrayar su sorpresa:

—¡Pero oye, vaya un uniforme tan elegante!

—Pues si lo hubieras visto antes de la lluvia... —precisé.

Josuah tenía tacto, una cierta mano izquierda para que uno se sintiera a gusto. Hizo como que no veía mi pobre pantalón abombado en torno a mis piernas, y concentró su atención en mi cabeza.

—Ese quepis te da un magnífico aspecto. Te hace más alto... Quizá es un poco grande, pero elegante a pesar de todo.

Antes de que hubiera tenido tiempo de explicarle que la hierba, destinada a impedir que se me cayera sobre la nariz, estaba secándose en la lona de mi tienda, prosiguió:

—Por lo que dicen, los confederados se hallan concentrados tras la colina que vemos ahí abajo.

Ostensiblemente, adopté un tono condescendiente.

—Lo sé, Josuah. No olvides que estoy destinado en el Estado Mayor. Por razón de mi posición tengo acceso a ciertas informaciones. Sin traicionar un secreto militar puedo, incluso, aclararte que son catorce mil hombres, a las órdenes de un tal Patterson, un poco más al norte, en el valle Shenandoah.

Josuah no era de esos tipos que reconocen su

derrota. Brilló un relámpago en sus ojos y me anunció:

—Los peces gordos de mi regimiento me han encargado que monte una orquesta. Me falta un tambor en el grupo de percusión y he pensado en ti. El concierto tendrá lugar pasado mañana.

—¿Una orquesta? Pero ¿para qué, Dios mío? ¿Es que los escoceses sólo piensan en bailar en tiempo de guerra?

La sonrisa de Josuah desapareció de sus labios.

—No seas mal intencionado, ¿quieres? Sólo se trata de ofrecer una serenata de bienvenida a la esposa de nuestro coronel.

Observé:

—Aparte de que semejante cencerrada me parece un poco interesada, me pregunto si es reglamentaria. Tú sabes, Josuah, que los cazadores de infantería nos debemos al servicio.

—Es una práctica corriente en el ejército —se apresuró a replicar mi amigo—. Por lo menos en el ejército escocés, en donde la disciplina es aplicada más inteligentemente que en las demás unidades.

¡Ahí se apuntaba un tanto! Hice como que reflexionaba y le pregunté:

—¿A cuánto estaremos pasado mañana?

—A dieciocho de julio de mil ochocientos sesenta y uno.

—Pues, lamentándolo mucho, no tengo suerte. Estoy desbordado de trabajo hasta fin de mes.

¿No puedes aplazar tu serenata? Por mi parte, he sido encargado de organizar un recital con trombón, tuba y bombo. El dieciocho ensayaremos durante todo el día. Nuestro concierto se celebrará por la noche. Compréndelo, Josuah, no se trata de la esposa del coronel, sino de que el general McDowel en persona vendrá a escucharnos.

Josuah soportó el golpe con valor. Halló fuerzas para sonreír y concluyó con una voz impasible:

—Está bien, Pete, voy a acercarme a los artilleros. Corre el rumor de que tienen un tambor que fue primer premio del conservatorio de Filadelfia. Al fin y al cabo, y teniendo en cuenta el nivel de nuestra formación, es preferible rodearme de garantías.

Y dio media vuelta sin aguardar mi reacción.

¡Vaya! Eso era lo que más me molestaba de Josuah; era incapaz de encajar una derrota, siempre tenía que decir la última palabra y nada me irritaba tanto...

Y mis ojos descubrieron las flores de los campos que me rodeaban, sus pétalos resplandecientes al bello sol de julio... Aquella visión serena y apaciguadora me impulsó a ser indulgente. Examiné la actitud de Josuah... y también la mía... Era evidente que el ejército no nos había hecho mejores. Josuah se había vuelto muy petulante y yo, por mi parte, tenía que reconocer que no tenía nada que envidiarle. Sí, él y yo habíamos cambiado...

Considerando las cosas más atentamente, me

convencí de que los recientes acontecimientos habían influido en nuestros caracteres. Ahora teníamos mayores responsabilidades. Aparte de que la guerra agría el carácter de un hombre.

Al margen de estas consideraciones tenía que reconocer que mi amigo no me había mentido. Desde que nos habíamos concentrado en aquella región, las esposas de los oficiales venían de todas partes. ¡Y si sólo hubieran sido ellas!

El anuncio de nuestra próxima batalla había corrido como un reguero de pólvora y los curiosos llegaban de las poblaciones vecinas: de Bethesda, de Weton e incluso de Arlington, a cuarenta y cinco kilómetros de allí.

Aquellos paisanos daban un aire de fiesta a nuestro campamento, lo que no me desagradaba lo más mínimo. Efectivamente, si nuestras unidades no mostraban un aspecto demasiado severo, las leyes que las regían distaban de ser blandas. Los civiles nos recordaban que existía otro mundo fuera del ejército, y que si no queríamos convertirnos en brutos necesitaríamos retornar a nuestro antiguo estilo de vida.

Con todas aquellas visitas no hallaba tiempo suficiente para dedicarlo a mis buenos amigos. No podía charlar tanto como hubiera querido con aquel magnífico La Fayette, con Bumpy, Oly, Artie y los demás.

Pero era preciso hacer frente a la realidad.

Por las cuatro esquinas del campamento aparecían calesas, landós y carretas de bueyes, cargados de regalos. Había tantos que pasábamos muchas horas dando las gracias a aquella amable gente. Unos traían cestas surtidas, otros venían a merendar en nuestra compañía. Algunos llegaban sin nada, pero nos presentaban a sus mujeres y a sus hijos.

El sargento Polack afirmaba, enfadado, que aquellos curiosos venían atraídos por un instinto morboso: querían ver al león antes de que devorase al ratón. Yo me mostraba más conciliador. Las bellas damas bajo sus finas sombrillas y los *dandis* endomingados eran un regalo para mis ojos. Entre aquella multitud había personas elegantes y también gente instruida, con las que resultaba agradable conversar.

Muchos me preguntaban:

—Y qué, muchacho, ¿dispuesto para el ataque?

—¡Pues claro que sí! —respondía yo siempre—. ¡Que se presenten esos malditos sudistas y verán lo que es bueno!

Sobre todo me gustaba hablar con las mujeres. Eran de una elegancia inusitada, con sus blondas, sus plumas y los innumerables perifollos con que se adornaban. En su gran mayoría, tenían excelentes modales y olían muy bien, lo que no dejaba de ser aún más agradable... Era un buen contraste tras la compañía de Artie que, seguramente, no habría tomado más de uno o dos baños en toda su vida.

El mayor Greenwich había recluido a Artie en su tienda. Como nuestro camarada seguía rascándose con el mismo ardor de siempre,

Greenwich había declarado que, manteniéndole oculto, no corríamos el riesgo de que arrojara el desprestigio sobre el ejército.

Desgraciadamente, yo compartía esa opinión. Más valía que las lenguas maliciosas no se cebaran en el tercero de cazadores de infantería. ¡Iba en ello nuestro honor!

Es inútil precisar que había cepillado mi uniforme. ¡Hasta lo había planchado! Oly me había enseñado a extenderlo bajo mi colchoneta y a dormir encima. Por la mañana lo hallé sin una arruga. Cualquiera habría dicho que salía de una lavandería moderna.

Si La Fayette hubiera mantenido con los paisanos menos relaciones que yo, habría podido ocuparse de mi quepis. Pero no había conseguido encontrar ni una tira de cuero; en cambio, una señora muy distinguida le había ofrecido una magnífica cinta rosa. Este adorno, aunque se saliera de la estricta uniformidad militar, daba a mi apariencia un aire alegre. Y, además, conseguía, anudándolo con fuerza bajo el mentón, mantener el quepis perfectamente en su sitio.

Sí, Bull Run parecía el escenario de una inmensa fiesta. Se bromeaba, se reía, reservando para aquellos esclavistas todos los fuegos del infierno. Las damas nos ofrecían pastas y bebidas refrescantes, los niños nos llamaban *héroes* y los hombres no escatimaban sus felicitaciones.

Y así llegamos a la mañana del 21 de julio.

En realidad, de no haber estado tan ocupado

en exhibirme, me habría dado cuenta de que se preparaba un gran acontecimiento. Desde la víspera, la mayor parte de nuestras unidades se desplazaban. Nuestras tropas se trasladaban, como tan bien decía el sargento Polack. Tomaban nuevas posiciones y aquello debería haberme puesto sobre aviso.

Lejos de sentirse desanimados ante tan gran actividad, los civiles seguían a los regimientos en sus vehículos. Con el despliegue de nuestras fuerzas, la planicie se cubrió de soldados entre los que se movía una abigarrada multitud.

En lo que concierne a los cazadores de infantería, el capitán Murdock gritaba constantemente al mayor que echara fuera aquella retahíla de gentes que se pegaban a nuestros talones. A su vez, Greenwich chillaba en las orejas del sargento Polack que Bull Run era un campo de batalla, que los curiosos nada tenían que hacer, como no fuera entorpecer los movimientos de las tropas. Entonces Polack rechinaba los dientes y siempre acababa por gritarle al cabo La Fayette.

¿Disciplina a los paisanos? Aquellas gentes no tenían noción alguna de la importancia de una orden. Resultado: en cuanto los empujábamos por un lado, aparecían por el otro. Hasta tal punto que, de cuando en cuando, La Fayette se desesperaba.

SERÍAN YA las nueve. Hacía más de media hora que el capitán Murdock examinaba el horizonte. Alzado sobre una pequeña elevación del terreno, con los gemelos pegados a las cejas, nuestro capitán no dejaba de gruñir.

Intrigado por su comportamiento, abrí bien los ojos en dirección al horizonte... ¿Sería víctima de alguna visión fantasmagórica? ¡No, no era una visión! Allá a lo lejos, en los confines de la planicie, me parecía ver materializarse una línea gris...

En la duda, pregunté a La Fayette:

—Cabo, tú que sabes tantas cosas, ¿puedes decirme en qué se reconoce a los sudistas?

—Por sus uniformes —respondió.

—¡Ya! ¿Y cómo son?

La Fayette se tiró del lóbulo de su oreja izquierda.

—A decir verdad, muchacho, jamás los he visto. En realidad, para reconocer a los confederados me fiaría más bien de su bandera.

Había veces en que La Fayette me ponía los nervios de punta. Era preciso tirarle de la lengua para obtener una información. Tuve que preguntar:

—¿Y me dirás cómo es su bandera?

Esta vez el cabo rozó su labio inferior con su pulgar y su índice.

—Es difícil de explicar, Pete, puesto que cambian a menudo de bandera. Hace algún tiempo tenía dos bandas rojas y una blanca con siete estrellas en un ángulo sobre fondo azul.

—¿Y ahora?

—Parece que es roja, con una cruz azul sobre la que aparecen trece estrellas blancas.

¡Sentí que mis cabellos se ponían de punta!

Señalé con un dedo tembloroso hacia el horizonte.

—Mira un poco hacia allí, ¿no será ésa la bandera de la que hablas?

La Fayette tenía los ojos de lince. Encogió los párpados.

—Pues, chico, tiene todo el aspecto. Se trata desde luego de una bandera confederada. Si quieres mi opinión, prefiero la antigua, resultaba más armoniosa en los detalles.

¡Eso sí que tenía gracia! El ejército sudista avanzaba hacia nosotros, y La Fayette me explicaba sus gustos. Dejé de escucharle y concentré mi atención en el horizonte...

A cada lado de aquella dichosa bandera acababan de formarse unas pequeñas nubecitas de humo. Aún no las había dispersado el viento, cuando, a ras de nuestras cabezas, se oyeron unos agudos silbidos. Encogí el cuello entre los hombros y grité:

—¡Dios mío, esos salvajes están disparando contra nosotros!

A nuestras espaldas, volcanes de tierra se elevaban hacia el cielo con un ruido ensordecedor. Una bella dama, de pie en su calesa, vaciló y cayó sobre los cojines. Sus caballos se encabritaron y huyeron entre relinchos, dejando en el lugar la sombrilla de la elegante señora.

105

Todo sucedió con tanta rapidez que apenas tuve tiempo de reparar que sus enaguas eran de un bello color rosa, y que estaban adornadas con organdí.

9 *Un instante de pánico y muertos gloriosos*

LA HUIDA de la bella dama de la calesa no fue un caso aislado. En cuanto empezaron a estallar los obuses, los paisanos escaparon como gorriones, abandonando en el lugar cestas de comida, sombreros de flores y encintadas sombrillas. Las mujeres huyeron con sus cabellos al viento. Muchas perdieron sus postizos ingleses y una, pisándose sus largos vestidos, cayó de cabeza dentro de un cajón de municiones.

Los hombres sucumbieron igualmente al pánico, aunque con unos instantes de retraso. Al principio trataron de dominar a las bestias de tiro; pero los caballos, excitados, rompieron bridas y arneses y corrieron más de prisa que las granadas de cañón, derribando las pirámides de fusiles. Entonces el *sálvese quien pueda* se volvió general y la fiesta concluyó en un momento.

El capitán Murdock parecía de mármol. Tan

rígido y tan imperturbable como un mango de escoba, contemplaba la escena con un rictus de conmiseración en la comisura de los labios. Después, al verme tendido sobre la hierba cuan largo era, me gritó:

—¡Vamos, tambor, levántate! ¡Toca llamada!

Ahora los obuses caían en torno a nosotros como el granizo en primavera. Me preguntaba si Murdock se daba verdaderamente cuenta del peligro que corríamos. Para dominar el ruido infernal, vociferé:

—Capitán, comprendo que permanezca frío como una estatua bajo este diluvio de fuego, porque usted es un oficial bien templado. Pero por lo que a mí se refiere, y si no le molesta, voy a tocar la llamada que quiere detrás de ese grueso árbol.

La presencia de aquel árbol inmenso, sólido y nuboso, resultaba milagrosa; me disponía a deslizarme bajo su sombra, pero Murdock no aprobó mi iniciativa.

—¡Tambor! Si das un paso atrás, irás a un consejo de guerra. ¡Y en tiempo de guerra eso significa doce balas en el cuerpo!

¡En dónde me había metido! ¡En el pelotón de ejecución...! ¡Si era así como los oficiales concebían la guerra, no me extrañaba que hubiera muertos! Doce balas en el cuerpo... ¡Caray! ¡Cualquiera se atrevía!

De todas maneras, el grueso árbol tras del cual pretendía refugiarme acababa de estallar en mil pedazos, diseminando sus hojas a los cuatro vientos. Por consiguiente, me puse en pie y traté de afirmarme sobre mis piernas temblorosas... El aire vibraba con los estallidos, y me amenazaba a cada momento con lanzarme a tierra. Los obuses estallaban en torno a nosotros, abriendo enormes agujeros en aquella espléndida y fértil tierra de Bull Run...

Fue entonces cuando mi espíritu entenebrecido concibió un remedio contra el miedo incontrolable que me dominaba. Me enderecé, empuñé mis palillos y golpeé mi tambor con rabia. Necesitaba ahogar el estruendo de las detonaciones y no oír aquel horrible retemblar...

Y golpeaba y redoblaba. ¡Dios todopoderoso, qué manera de tocar llamada!

El estruendo se intensificaba. Los proyectiles surcaban la humareda que nos envolvía, y estallaban. ¿Cómo podría conseguir con mi tambor armar más ruido que todos aquellos malditos cañones sudistas?

Hacía muchísimo tiempo que el quepis había desaparecido de mi cabeza, y la cinta rosa que le puso La Fayette debía de hallarse en algún lugar del campo de batalla, perdida para siempre.

Volvió el asistente O'Malley, a quien Murdock había enviado a la tienda del Estado Mayor. También él tuvo que gritar para hacerse entender:

—¡El general de brigada McDowel le hace saber, mi capitán, que ataque por la derecha!

Murdock hizo un gesto de perplejidad.

109

—¿Por la derecha? ¿La suya o la mía?

¡Ya me esperaba esto! ¡A la fuerza tenía que presentarse una situación semejante! Un hombre que llevaba cinturón y tirantes por miedo de que se le cayeran los pantalones tenía que ser muy detallista.

Para complicar más las cosas, O'Malley se mostrava evasivo:

—Mi capitán, el general no me ha precisado de qué derecha se trataba.

A pesar del diluvio de proyectiles que nos brindaba el enemigo, Murdock se tomó cierto tiempo para reflexionar. Tiempo durante el cual los obuses confederados estallaron con toda su fuerza por encima de nuestras cabezas. Finalmente, vociferó en dirección al mayor Greenwich.

—El general se refería sin duda a la derecha del frente. ¡Mayor, ordene que avancen en esa dirección!

—¡Dios mío! Pero si aquella dirección era la de las colinas de Bull Run, justo donde estaba concentrado el grueso de las fuerzas sudistas!

Estallaban, secas e imperativas, las órdenes. Greenwich hizo que el tercer regimiento de cazadores de infantería adoptara la formación de combate... un magnífico cuadrado, muy compacto. La Fayette se colocó al frente del segundo pelotón, justo tras el sargento Polack, y yo, al lado del capitán Murdock.

Nuestra unidad estuvo por fin dispuesta para el ataque. Con aire arrogante sobre su gran caballo, Murdock dio la orden de marcha. Y puesto que nadie parecía pensar en la música, yo decidí iniciar una marcha militar. Mi deber me obligaba a levantar la moral de los más cobardes. Desde luego, yo era uno de ellos; pero no lo demostraba.

¡Y marcando el paso, nuestro regimiento salió hacia su destino!

Había disminuido la intensidad del estruendo del cañoneo. Existía una buena razón para ello: la mayoría de nuestras fuerzas se hallaba en contacto con el enemigo, y los sudistas, al disparar sobre nosotros, corrían el riesgo de hacer una carnicería en sus propias tropas. Los zuavos parecían aprovechar ese respiro para lanzarse ciegamente al cuerpo a cuerpo.

Por desgracia, varios de nuestros regimientos no habían alcanzado todavía la línea de combate y avanzaban aisladamente. Fueron blanco de la artillería confederada. Los nuestros progresaban codo con codo, insensibles a la metralla, apretando filas cada vez que un obús provocaba destrozos, dejando un enorme vacío.

Al llegar a una loma, distinguí a los escoceses. Avanzaban con la bayoneta calada, al son de las gaitas, en dirección a las colinas ocupadas por los sudistas. ¡Dios mío, qué magníficos se veían aquellos escoceses! Las granadas les causaban enormes pérdidas, pero seguían cantando. Cuando un proyectil abría un agujero entre ellos, los que habían escapado a sus efectos cantaban por dos.

Recé una oración por mi amigo Josuah. Era preciso que alguien intercediera por él. Sabía que se sentía tan orgulloso de combatir entre sus compatriotas que era muy capaz de olvidarse de la debida precaución.

Nosotros éramos los más fuertes. ¡Aquellos cochinos sudistas no aguantarían mucho tiempo!

Eso era lo que yo estaba pensando cuando el capitán Murdock se alzó sobre su caballo y gritó, señalando con su dedo:

—¡Ánimo, cazadores! Vamos a lanzarnos al asalto de ese reducto. ¡Adelante, a paso ligero!

Íbamos muy aprisa. Ya no me era posible tocar el tambor. Me lo eché a la espalda y, con los codos pegados al cuerpo, me las arreglé para seguir tras La Fayette.

El cabo se jactaba de ser un magnífico combatiente. ¿Acaso no había participado en todas las campañas de la guerra de México y luchado varias veces contra los pieles rojas? Además, La Fayette nos había dicho en muchas ocasiones que su presencia entre nosotros demostraba sus facultades de supervivencia. ¡Una especie de invulnerabilidad basada en la experiencia. Por eso, desde el comienzo de la carga, pensé ingenuamente que, siguiendo a La Fayette de cerca, escaparía de la matanza.

Avanzaba, pues, tras él. Y, por Dios, que las cosas habrían podido ser peores. En el reducto se ocultaban muchos tiradores cuyas balas pasaban rozando nuestras mejillas sin ocasionarnos mal alguno.

Pero los jinetes que acababan de adelantarnos no tuvieron la misma suerte. De un repliegue del terreno brotaron chispas y una granizada de ardiente plomo se abatió sobre los hombres y las monturas. Los valientes jinetes cayeron en racimos, mortalmente heridos. Los caballos, alcanzados en la carrera, se desplomaron, cubriendo a los hombres hasta constituir montones informes. Las bestias que no habían sido heridas se encabritaban, desgarraban el aire con sus cascos y relinchaban, hasta que una nueva ráfaga ponía fin a su locura.

Yo temblaba. ¡Qué catástrofe!

Los jinetes desmontados, atónitos, hechos jirones los uniformes, erraban entre los cadáveres sin verlos. Por todas partes se distinguían muertos y agonizantes...

Ante aquella hecatombe, un estremecimiento recorrió las filas del tercer regimiento de cazadores de a pie. De súbito, nuestra unidad sintió menos prisa por alcanzar el reducto. Nuestro capitán, temiendo sin duda vernos flaquear, desenvainó su sable, apuntó la hoja en dirección a las líneas confederadas y vociferó, hasta el punto de que su garganta pareció estallar:

—¡Ánimo, soldados! ¡La muerte de nuestros hermanos no quedará impune!

Le respondió un estridente silbido. Desaparecieron el sable y el brazo del capitán, arrebatados ambos por un obús...

Murdock cayó sobre la verde hierba como un muñeco desmembrado.

Su caballo pasó ante mí, alzadas las crines. Greenwich consiguió agarrarlo de la brida, subió a la montura y tronó con una rabia explosiva:

—¡Seguidme, cazadores! ¡Hay que vengar al capitán!

El sargento Polack gritó a su vez:

—¡Adelante! ¡Y nada de flaquear, muchachos! ¡Sólo salvaremos la piel apoderándonos de ese reducto!

Nadie flaqueó. Todos se sintieron dominados por una heroica valentía, deseosos de abandonar cuanto antes aquel terreno en donde nos hallábamos, demasiado al descubierto. Seducidos por la arenga del sargento, corrimos tan velozmente para refugiarnos junto al enemigo que el mayor Greenwich tuvo que poner su montura al galope.

El reducto se hallaba tan sólo a doscientos o trescientos metros, pero no era el momento de remolonear. Al distinguirnos, los confederados abrieron fuego a diestro y siniestro.

—¡No quiero rezagados! —gritaba Polack—. ¡Cerrad filas!

Estas recomendaciones resultaban superfluas. Es inútil precisar que volábamos... De pronto, La Fayette redujo su marcha... Dio aún algunos pasos titubeantes y se desplomó de golpe. Un enorme agujero negro destacaba sobre su frente. La Fayette... el invulnerable...

Oly me empujaba por la espalda y tuve que saltar por encima del cuerpo del cabo. ¿Qué

otra cosa habría podido hacer? Las balas silba-
ban rabiosamente y a cada instante eran más
numerosas...

¡Corrimos hasta quedarnos sin aliento!

Artie había olvidado sus picores y ya no tenía
ni un segundo para implorar a la Virgen. Desfi-
gurado por el esfuerzo, desorbitados los ojos,
galopaba como un condenado y gritaba como
una bestia. Oly apretaba los dientes, fija la mirada en el reducto. Bumpy no era el más indi-
cado para este *deporte*, pero se sujetaba el
vientre con las dos manos al objeto de facilitar
su carrera.

Le dije con la intención de animarle:

—¡Ánimo, soldado! ¡Ya te queda poco!

No pensaba haber acertado tanto. Su vientre
pareció desinflarse, corrió la sangre entre sus
dedos crispados y cayó completamente fofo.

Después, Morton fue alcanzado en mitad del
pecho. El muchacho de Kansas describió una
enorme voltereta y quedó inerte con los brazos
en cruz.

Y ya no vi a Artie correr a mi lado.

¿Dónde estaba el vociferante sargento Polack?

Aquellos condenados sudistas no dejaban de
ametrallarnos y segaban la vida de mis compañeros. ¡Maldita guerra! ¿Cómo un motivo tan
justo como el nuestro podía causar tantos
muertos?

El caballo de Greenwich se desplomó, levan-
tando una nube de polvo. El mayor gritó algo,

pero no entendí sus palabras... Acababa de detenerme en seco, obnubilado por la monstruosa visión que tenía ante mí...

Allá arriba, en la cima de la colina, a un centenar de metros de mí, dos hombres vestidos de gris manipulaban un pequeño cañón de campaña... Me quedé inmóvil, helado por el horror. ¡Aquellos sudistas estaban apuntando el cañón hacia mí!

Un estremecimiento recorrió mi cuerpo. Y, con gran extrañeza por mi parte, me invadió la paz. Ya no oí nada, ni detonaciones, ni gritos...

Miraba aquella horrible cosa y a los dos hombres que la maniobraban... Uno de ellos gritó una orden, el otro tiró de un cordón, una especie de largo bramante que desencadenó el cataclismo.

Una lengua de fuego roja brotó de la boca del cañón. Una terrible explosión sacudió mis tímpanos, una luz fulgurante estalló ante mis ojos... En el espacio de un relámpago desaparecieron los botones dorados de mi guerrera, el paño de mi uniforme voló por los aires, me envolvió un torbellino de viento cargado de humo que oprimió mi cuerpo. Un soplo poderoso me arrancó del suelo... Subía por el aire, desnudo como un bebé al nacer...

¿Me había llegado la hora de ver a los ángeles?

Segunda Parte

Los Grises

10 *Un doloroso despertar y un nuevo uniforme*

CARAMBA, qué bien me encontraba! Cómodamente tendido en una mullida nube, contaba los millones de estrellas que centelleaban ante mis ojos. Angelotes de rizados cabellos volaban en torno a mí. Sus alitas de plumón susurraban armoniosamente en el aire ligero de la mañana.

¡Era magnífico el Paraíso!

Entreabrí un párpado...

Un hombrón enorme y barbudo me daba golpecitos en las mejillas. ¿Sería Dios Padre?

—¡Vamos, chico! Vuelve en ti. Caray, vas a coger un constipado; aquí las noches son frescas.

Las palabras tenían una cierta rudeza, pero el tono era muy amable... Abrí el otro ojo.

No, no podía tratarse de Dios Padre; este hombre no tenía aureola. ¿Un ángel, entonces? ¿Quizá san Gabriel?

121

El ángel me agitó como si fuera una chaqueta cuyos bolsillos se pretende vaciar, y me dijo:

—¡Despierta, caramba, que estás menos muerto que yo!

¿Qué significaba todo aquel ruido? Alcé la cabeza...

El ángel barbudo me contemplaba. Tenía una cara enorme y enrojecida y su mirada conservaba una expresión severa.

No, examinándole mejor, aquel barbudo no debía de ser un ángel. Calzaba unas botazas claveteadas y vestía una especie de uniforme de color gris. Los ángeles iban descalzos y vestían ligeras túnicas blancas.

La cabeza me daba vueltas.

—¿En dónde estoy? —pregunté por decir algo.

El enorme barbudo hizo un gesto de cansancio, pero me sonrió.

—Muchacho, estás en Bull Run... ¡En donde los sudistas han dado una buena paliza a los nordistas!

Después empuñó el grueso fusil que colgaba de su hombro y lo apuntó hacia mí:

—Dime la verdad, ¿eres un federal o un confederado?

Menudas preguntas las que me hacía aquel barbudo. ¿No podía esperar a que me recobrara antes de empezar a interrogarme? Traté de reflexionar... Veamos, ¿quiénes eran los confederados? ¿Los sudistas o los nordistas?

Al observar de soslayo al barbudo comprendí

que era preferible no equivocarme. El más pequeño error por mi parte y dispararía.

¿Y él, qué sería...? La negrísima boca del fusil no se apartaba de mi nariz. Bueno, admitamos que aquel tipo fuera un sudista... Una mano de hielo se posó sobre mi lomo: La Fayette me había contado la suerte reservada a los prisioneros de guerra: languidecían en calabozos, donde atrapaban la sarna, o se los encerraba en campos de concentración sin darles nada que comer.

¡Y no podía recordar si los sudistas eran federales o confederados! ¡Menudo dilema!

Una voz interior me dijo que ganara tiempo. Adopté un aire inocente, un poco estúpido, para responder:

—A fin de cuentas, el que sea confederado o federal, ¿qué importa?

El barbudo tomó un poco de rapé de una cajita de cuerno, sorbió por la nariz y se mostró categórico:

—¡Pues claro que importa! Si eres de un lado, te estrecho la mano; si eres del otro, te meto una bala en el cráneo.

¡Caramba! Aquel monstruo no conocía el término medio. Por lo demás, no me había dicho nada de lo que quería saber. Continuaba igual que al principio.

Había que ser astuto. Le dije con aplomo:

—¿Y si le digo que yo no soy federal ni confederado, sino neutral?

El barbudo mostró su turbación mesándose la barba.

—¿Neutral? ¡No sé lo que es eso! ¿Quiénes son esos tipos?

—Pues gentes que no pertenecen a ninguno de los bandos que usted acaba de nombrar.

Creí que iba a pensar la cosa, pero su decisión fue muy rápida.

—¡Entre nosotros no hay neutrales! Aquí es preciso tomar partido, amigo. ¡A los tipos que son neutrales se los fusila también!

Tanta obstinación iba a acabar por encolerizarme. Le repliqué:

—Escucha, amigo, tú has oído hablar de los paisanos, ¿no? ¡Pues yo soy uno de ellos!

Pero el barbudo tenía respuestas para todo.

—Si eso es cierto, ¿qué hacías durmiendo en el campo de batalla cuando yo te descubrí?

¡Qué cabeza de mula! Me vi obligado a ponerle los puntos sobre las íes:

—Pasaba por allí, como una persona cualquiera, cuando cayó un obús a tres metros de mí. Perdí el conocimiento. ¿Entiendes lo que quiero decir...?

Las cejas suspicaces del barbudo descendieron sobre sus ojos.

—¿Vas a hacerme creer que ibas paseando así, completamente desnudo?

—¡Pues claro que no! —exploté—. Antes de que el obús estallara yo iba vestido. ¡No soy el hijo de Adán y Eva!

Y al advertir su confusión, insinué:

124

—Sin duda he sido víctima de algún ladrón de cadáveres. Se dice que hay malvados sin conciencia que despojan de sus ropas a los muertos en los campos de batalla.

El barbudo se cuadró.

—¡Entre nosotros, los sudistas, eso no se haría jamás!

¡Por fin se lo había sacado! Afirmé:

—¡Es que *nosotros, los sudistas,* tenemos el corazón de verdaderos cristianos!

Su enrojecido rostro se distendió y el cañón del fusil abandonó mi nariz.

—Así que eres de los nuestros —exclamó, tendiéndome la mano—. ¡Choca esa mano, muchacho! Mira, soy desconfiado por naturaleza; tengo ese defecto. Debería haber reconocido en ti a un verdadero confederado.

Lancé un suspiro de alivio. ¡De buena me había librado! Hundí mis dedos en su grueso puño y él los torturó con satisfacción. Endiabladamente feliz, añadió:

—Me llamo Jim Murrefield. Pero nada de cortesías entre nosotros. Puedes llamarme Jim, somos camaradas.

—Yo soy Pete Breakfast —repuse, mientras me frotaba mis doloridas falanges.

Después, tomando conciencia de mi incómoda desnudez, exploté inmediatamente la muy reciente simpatía que se me brindaba:

—Puesto que somos amigos, Jimmy, ¿no podrías buscarme algo que ponerme? No puedo permanecer como estoy... No está bien...

—Tienes razón —convino amablemente Jim Murrefield.

Me hizo un guiño de complicidad, se alejó unos pasos, se agachó y le quitó su chaqueta a un muerto.

—Aquí tienes, muchacho. ¡Ya eres sargento! Esta guerrera es suficientemente grande para cubrir tu desnudez. Y no te avergüences si resulta demasiado grande para ti, es la de un buen patriota, caído en el campo del honor. Además, comprobarás que está confeccionada con buen paño sudista.

La chaqueta en cuestión podía servirme de abrigo. Me llegaba hasta las rodillas. No hice ninguna reflexión al respecto a fin de no estropear las cálidas relaciones que habían nacido entre Jimmy y yo. Después de todo, aquella prenda era mejor que nada. Y además, los sudistas llevaban uniformes confeccionados por los suyos; no hacían encargos a Francia, como otros...

Murrefield retrocedió un poco, me examinó con cuidado y decidió:

—Perfecto. Esa guerrera te tapa todo. Al menos te servirá hasta que lleguemos a la intendencia de nuestra unidad. Allí te ofrecerán un magnífico uniforme sudista. ¡No has visto nunca nada parecido!

Me sobresalté:

—Pero ¿cómo un uniforme? ¡Jimmy, yo no quiero ser soldado! Tengo intención de entrar en la industria civil...

—Venga, venga —repuso Jim Murrefield—. Entre nosotros, en el Sur, no hay desertores. Cuando se tiene una buena salud y se resiste a las explosiones de los obuses, se está capacitado para llegar a ser un excelente soldado confederado. Mira, me has dado una idea. Voy a pedirle al capitán que te destine a nuestro regimiento. No olvides que te he librado de una pulmonía, muchacho. ¡No voy ahora a abandonarte para que atrapes alguna enfermedad maligna, vagando por no sé donde!

¡Pues qué bien! ¡De una complicación pasaba a otra! ¿Qué le habría hecho yo a Dios? En la vida hay momentos, como éste, en que la suerte se le va a uno de las manos...

Este pensamiento hizo surgir en mí otro, menos triste. Y era que, a pesar de todas mis desgracias, no había salido tan mal librado de aquella aventura. El valiente La Fayette había conocido una suerte menos envidiable. Y ya que no había muerto durante el ataque, podía dar gracias al cielo por no hallarme en el campo de los vencidos...

El espectro de largos años transcurridos en cautividad hizo que me estremeciera. Además, había tenido la suerte de haber sido desnudado por aquel obús. Había nacido para la acción y para vivir al aire libre. Indudablemente, si los sudistas se hubieran tropezado conmigo cuando todavía vestía el uniforme nordista, me habrían arrojado al fondo de un calabozo. Y tampoco eso era muy seguro, porque, a lo mejor, Jim

Murrefield me habría metido una bala en el cráneo...

Esta idea me obligó a ver las cosas desde otro ángulo: ¿por qué tenía yo que establecer una diferencia entre un sudista y un nordista? Todos éramos americanos; eso era lo único que importaba. Aunque unos y otros difirieran en sus ideas sobre lo que debería ser nuestro bello país.

Desde luego, aquellos pensamientos honraban mi sentido de la independencia, pero, ¿cómo reaccionaría Jim Murrefield si yo le expusiera mi punto de vista? ¿Me comprendería o ejecutaría la sentencia de que me había hablado una hora antes?

Una especie de duda se infiltró en mí, por lo que, prudentemente, pregunté a mi amigo:

—Entonces, Jimmy, ¿crees que les hemos dado una buena paliza a esos cerdos nordistas?

—¡Menuda ha sido! —afirmó—. El ejército de McDowel ha quedado literalmente hecho papilla. A esta hora, los miserables que hayan podido escapar habrán llegado ya a Washington, esa cueva de bandidos. ¡Qué contento se pondrá nuestro buen presidente, Jef Davis, cuando reciba la noticia!

Alcé la cabeza:

—¡Pero cómo! ¿Ya no es Abraham Lincoln el presidente de los Estados Unidos?

—Para los nordistas, sí. Pero el verdadero es Jefferson Davis, el que han elegido los sudistas.

No me faltaba más que esto. ¡Ahora, dos

presidentes! ¡Qué embrollo! Bastaría que uno dijera algo para que el otro le contradijera... Decididamente, esta condenada guerra no arreglaba nada en el país.

Durante el tiempo de este conciliábulo conmigo mismo no había advertido que Murrefield era presa de nuevo de su suspicacia natural. Me lanzó una mirada cargada de desconfianza y me preguntó secamente:

—Dime, muchacho, ¿cómo puede ser que un buen sudista ignore el nombre de su presidente?

Me encogí de hombros:

—¿Tú qué te imaginas, Jimmy? ¡Deja ya de subirte a la parra! Hace tanto tiempo que no he abierto un periódico que creo que se me puede excusar que desconozca el nombre de nuestro presidente. Has de saber que poco antes de que me descubrieras en cueros sobre este campo de batalla yo vivía en lo más hondo del Oeste.

Jimmy rumió lentamente esta idea en su cabeza, y cedió, falto de argumentos.

—Tienes razón, Pete. Y no me juzgues con demasiado rigor. Recuérdalo, ya te he explicado que tengo tendencia a ser un poco receloso.

—¡Bueno! —le interrumpí—. Volvamos a lo que importa. Acababas de decirme que habíamos derrotado al ejército del Norte. ¿Sabes por casualidad si nuestro comandante tiene la intención de apoderarse de Washington?

—No merece la pena —replicó exultante Murrefield—. El Norte está condenado, Pete. ¡Hemos ganado la guerra! [1].

Se me hizo un nudo en la garganta y sentí la boca seca.

Nos pusimos en camino. Murrefield delante y yo detrás. Al tiempo que evitaba pisar los cadáveres que cubrían el suelo, pensaba en los escoceses y en Josuah, aquel magnífico Josuah Ponce de León, que marchaba a su cabeza, unas horas antes, tocando la gaita.

¿Habría muerto también él como La Fayette, Bumpy, Oly, Morton y todos los demás?

¿Para qué servía semejante guerra?

¿Adónde nos conduciría?

Una guerra entre hermanos del Norte y del Sur, que se llamaban enemigos. Ahora yo era un confederado. Antes, un federal. Federal o confederado, ¿qué cambiaba en mí? ¿No seguía siendo Pete Breakfast, un sencillo americano?

Por todo el campo de batalla sólo se veía muerte y ruina. Cañones reventados, carromatos deshechos, soldados en posturas grotescas, inmovilizados hasta la eternidad en un gesto de sufrimiento.

Y aquellos caballos de ollares dilatados, aquellos carros acribillados, aquellos fusiles retorcidos, aquellos enormes agujeros en una tierra tan buena para el trigo...

---

[1] Auténtico. Tras la victoria de Bull Run los sudistas creyeron haber ganado la guerra y no atacaron Washington, entonces indefensa.

Jimmy se volvió y percibió mis lágrimas. Creo que entendió mi dolor. Un tic alteró su cara rojiza y simpática..

—¿Lloras a un amigo, muchacho?

Reprimí los sollozos en mi voz.

—Sí, acabo de recordar que en ese ejército del Norte yo tenía un buen compañero, que ahora debe de estar muerto...

Jim Murrefield no respondió, pero aceleró el paso.

Por mucho que se empeñara en aparentar que cuidaba de dónde ponía los pies, yo veía muy bien que su paso no era firme y que sus piernas temblaban.

11 *Un ascenso inesperado y un obstáculo rápidamente superado*

EL CAMPAMENTO sudista se parecía en todo al de los nordistas. Las mismas tiendas puntiagudas, los mismos cañones, los mismos oficiales gritando y gesticulando. Y aunque grises en vez de azules, también los mismos soldados corriendo en todos los sentidos para ejecutar órdenes.

Yo, que de alguna manera había esperado toparme con monstruos, me sentía decepcionado. Aquellos confederados eran hombres corrientes. Y por mucho que registré con la mirada, no advertí ni uno de los muchos esclavos negros que se suponía tenían. ¿No habría exagerado el llorado Bumpy?

Y además, el regimiento de Jim Murrefield era el regimiento de cazadores de infantería de Granville...

En suma, dos mundos idénticos, con hombres

sencillos a cada lado. Sí, pero, por lo que se decía, los unos eran esclavistas y los otros no lo eran.

Bueno, admitámoslo; tal vez aquellos sudistas guardaban a sus negros, ocultos en las plantaciones. Después de todo, era posible. Pero pensé en los numerosos desgraciados con que me había tropezado en el Norte. Cuando hallaban empleo, permanecían metidos en una fábrica doce o catorce horas al día, y no veía en qué era mejor que la otra esta forma de esclavitud. Finalmente, yo no había llegado a la tierra con la misión de rehacer América. Y ya que teníamos ahora dos presidentes de los Estados Unidos, le dejaba a ellos la tarea de arreglar todo aquello.

El capitán de Jimmy se llamaba Holiday. ¡Magnífico! Aquel nombre me parecía de buen augurio. Tras las peripecias que acababa de vivir, no me vendría mal un poco de reposo [1].

Holiday, alto y seco, no parecía, desde luego, fácil. Mi compañero Jimmy le habló en estos términos:

—Mi capitán, le traigo un antiguo neutral que esos condenados nordistas dejaron por muerto y completamente desnudo en el campo de batalla.

El capitán me dirigió una mirada de indiferencia:

---

[1] *Holiday*, en inglés, significa vacación, día festivo.

—¿Por qué se esconde en esa chaqueta tan extraña? ¿Es que está cubierto de pústulas?

Murrefield lo tranquilizó:

—No, mi capitán; Pete no está enfermo. Simplemente lleva una prenda demasiado grande para él.

—Bueno, ¿y qué quiere? —gruñó Holiday, que debía tener problemas más urgentes que tratar.

—Pues bien; he pensado pedirle el gran favor de incorporar a este pobre muchacho a nuestro regimiento.

—Favor concedido —replicó el capitán—. Conduce a este recluta al brigada Bent y él le dará destino. Pero antes, llévate a este espantapájaros al vestuario. No quiero que mis oficiales se mueran de risa viéndole así. ¡Hale!

Y el capitán alto y seco volvió a meter la nariz en sus mapas de Estado Mayor.

¡Caramba con aquel hombre! Es cierto que tenía distinción. Pero lo encontraba demasiado decidido. Y, además, me había llamado espantapájaros. ¡Grosero, más que grosero!

Una luz en su mirada me advirtió que Holiday era un apasionado del reglamento. ¡Debería tener cuidado en no traicionarme! Si el capitán se enterara de que yo había sido nordista, sería muy capaz de pasarme por las armas. ¡En tiempo de guerra la vida de un soldado pendía de un hilo!

Bueno, me mantendría alerta. Después de todo, a un chico listo como yo no le sería difícil

135

disimular. Antes, para hablar de los confederados, decía *esos cerdos sudistas*. Ahora me bastaría con decir *esos cerdos nordistas* y todo iría bien.

Tenía la enorme suerte de poseer una cierta instrucción. El conocimiento perfecto del vocabulario me ayudaría a salir de las situaciones más delicadas. ¡Pues claro que no lamentaba el año que había pasado en una escuela de Boston!

Conversé con Jimmy mientras nos dirigíamos al almacén de vestuario. Supe que, a fin de cuentas, en poco se diferenciaban los sudistas de los nordistas. Al menos materialmente. Y bien cierto que era. Me crucé con soldados tendidos con los pies al sol. Las suelas de sus botas se hallaban tan despegadas que tenía la impresión de estar viendo un par de caimanes bostezando a la orilla de un río.

En el Norte, los federales contaban con una industria muy desarrollada, mientras que el Sur se hallaba cubierto de inmensas plantaciones. Para los sudistas, resultaba especialmente difícil sostener una guerra. ¡Probad a fabricar fusiles y cañones con maíz, tabaco y algodón!

Todo lo más, el algodón podía servir para confeccionar los uniformes. Pero la indumentaria de los soldados no constituye la fuerza de un ejército. Necesita armas tan poderosas como las del enemigo. Y requiere, además, botas que, tras unos kilómetros de marcha, no parezcan cocodrilos. ¡Bien sabía yo eso, que había

136

tenido que ir andando desde Washington a Bull Run con aquellos condenados zapatones!

La cuestión del calzado entre los sudistas no iba muy bien. Las vacas abundaban más arriba, en el Norte, y eran los federales quienes obtenían su cuero. Todo esto es para decir que los sudistas no nadaban en la abundancia. Aun teniendo los bolsillos repletos de dinero, ¿qué va a comprar un soldado cuando es su enemigo quien posee todos los bienes?

¡Y yo había caído en aquel ejército sudista!

Al llegar a la tienda de vestuario, Jim Murrefield reclamó un uniforme para mí. El cabo responsable, tumbado sobre unos fardos de ropa y con las dos manos bajo la nuca, manifestó negligentemente:

—Tu recluta ya está vestido, Jim. No veo por qué te molestas inútilmente.

Di un codazo a Jimmy y arriesgué un farol.

—Usted se contenta con muy poco, cabo furriel. Si se toma la molestia de mirarme mejor, verá que no llevo pantalón bajo esta chaqueta. Además, cuando se habla con un superior hay que levantarse y mostrar un poco más de respeto.

El cabo se fijó en los galones de sargento que adornaban las mangas de la guerrera del muerto y se enderezó de un salto.

—Perdóneme, sargento. Comprenda lo que pasa. Le piden a uno tantas cosas que acabas por no saber en dónde tienes la cabeza.

Hice como que le entendía.

El cabo rebuscó febrilmente entre las ropas. Acabó por mostrarme el uniforme más pequeño que pudo hallar en su colección de harapos. Me lo puse inmediatamente. Aún me resultaba un poco grande. ¡Bah! De cualquier manera me iría mejor que la guerrera del difunto. Y además, la guerrera nueva no se hallaba acribillada por las balas. ¡Ya estaba harto de aquellos agujeros por donde se colaba el viento!

El cabo se excusó una vez más:

—Por lo que se refiere a sus galones, no puedo hacer gran cosa, sargento. Le devuelvo su antigua guerrera; le será fácil hacer que se los recosan en la nueva.

Asentí.

Tomé un par de botas altas que parecían de cartón. Pero al menos tenían cordones.

Consciente de mi importancia ante los ojos del cabo, troné:

—¿Y no tiene nada parecido a un quepis?

Desapareció tras una montaña de gorras grises.

Tras mil investigaciones, me tendió una. ¡Caray, era aun mayor que la que me dieron en el ejército nordista! Me la metí en un bolsillo y saludé al furriel.

Jimmy me condujo entonces ante el brigada Bent.

Al llegar a la tienda de éste, ya había perdido mi quepis. El bolsillo de aquel maldito pantalón sudista carecía de fondo. ¡Parecía im-

posible que los confederados acabasen de lograr una victoria!

El brigada Bent era igual que una bola. No más alto que ancho, aquel hombre presentaba una manifiesta tendencia a la obesidad. Me recibió cortésmente, sentado tras una mesa, y se levantó al acercarme yo. Jimmy le narró detalladamente las circunstancias de nuestro encuentro. Tras haber escuchado sin interrumpirle, al tiempo que meneaba su esférica cabeza, el brigada posó en mí sus dos ojos azules.

—Pues ya estás vestido. Pero dime, soldado Breakfast, ¿no le quedaban ya quepis al cabo furriel?

—¡Oh, sí, mi brigada! Pero, por desgracia, resultan demasiado grandes para mí.

—Ya arreglaremos eso uno de estos días —declaró el brigada Bent.

Y olvidó el incidente.

Después me formuló una pregunta que me recordó mi alistamiento en los nordistas:

—¿Tendrías, por casualidad, alguna especialidad de la que se pudiera beneficiar nuestro magnífico ejército sudista?

—¡Soy tambor, mi brigada! —clamé con entusiasmo.

Hasta entonces la música no me había traído desgracia y habría sido muy ingrato si hubiera renegado de ella. Además, la vocecita que hablaba dentro de mí me murmuraba que no ocultase mi condición de músico.

—¡Perfecto! —dijo el brigada—. Te incorporo como director de la banda de nuestro regimiento. Naturalmente, todavía hay que formarla; pero ya nos encargaremos un día de éstos, cuando nos ocupemos de tu quepis.

¿Qué me importaba ya mi quepis? ¡Dios mío! Director de banda... ¡Qué ascenso!

Y Josuah, que ya no estaba en este mundo para felicitarme... ¡Pobre Josuah, tan bueno, tan valiente...; descanse en paz! Él, que tanto me había querido, menuda sorpresa se habría llevado de conocer mi ascenso...

El brigada hablaba y hablaba, pero yo no le escuchaba. Pensaba en la nueva carrera que se abría ante mí... ¡Director de banda! ¿Os dais cuenta? De pronto se apoderó de mi espíritu una horrible idea...

«¡Pestes!», me dije bruscamente.

Desde mi nuevo nombramiento sentía que algo fallaba, y ahora acababa de comprobar la implacable realidad: ¡aquel maldito obús que me había arrebatado todo lo que era mío se había llevado también mis palillos y mi tambor!

Me estrujé los sesos ante semejante situación, pero pronto me volvió mi optimismo natural. ¿A qué preocuparme, cuando la banda de la que había hablado el brigada aún no existía?

Y así, sin instrumento, yo solo representaba la música del regimiento de cazadores de infantería de Granville. Estaba feliz. Sólo, eso sí, lamentaba sinceramente la ausencia de Josuah Ponce de León...

12 *Libertad para unos y guerra para todos*

LOS REGIMIENTOS pasan, los camaradas cambian, pero la amistad entre soldados, sean del Sur o del Norte, permanece siempre la misma.

Jimmy me presentó a sus compañeros. Aquí, los mismos apretones de manos que entre los federales, tan sinceros, tan cordiales.

Phil Curtis, un jovencito con pecas alrededor de la nariz, era tan tímido como un pollito en el cascarón. Lo consideraba incapaz de salir del cascarón para lanzarnos el más pequeño quiquiriquí. Phil sólo hablaba cuando le preguntaban. Y aun así, sólo respondía con un *Hmm* o un *Pff*. Para saber más era preciso arrancarle las palabras de la boca. Sin ir más lejos, tuve que acosarle a preguntas durante tres días sólo para conocer su edad.

Con Abraham Bronté estuve a punto de meter la pata y cometer una equivocación irreparable. Iba a decirle en plan de broma: «Así que te llamas Abraham, como nuestro querido presidente Lincoln.» Pero rectifiqué, justo a tiempo, con un «como ese condenado presidente Lincoln».

Paul Stockmann era todo un caso.

Stockmann no sólo poseía un esqueleto cuyos huesos asomaban por todas partes, sino que no era sudista... ni siquiera americano. Llegó de Suiza un día, inflamado de ardor patriótico. En aquel país de Europa, perdido en medio de las montañas, había oído decir que trece Estados de América se confederaban. Como su Suiza natal se hallaba también organizada bajo un régimen confederado, su sangre hirvió. Tomó el primer barco que partía para los Estados Unidos y, apenas desembarcó, ofreció sus servicios a un general sudista, declarándose que compartía enteramente sus convicciones.

Satisfecho de aquel ofrecimiento, el general lo recomendó al jefe de brigada. Éste incorporó al infortunado Stockmann en el regimiento de cazadores de infantería de Granville.

Y digo infortunado porque nuestro pobre camarada había perdido mucho de su ardor inicial. Al incorporarse le habían entregado un fusil que no pesaba menos de dieciocho kilos [1]. Y, por añadidura, hacía ya un año que languidecía bajo una incómoda tienda con unas botas sin suelas.

A veces, Stockmann trataba de remontar su moral, pero no le duraba gran cosa. Recordaba

[1] Ése era el peso del fusil reglamentario en el ejército de la época.

entonces su aire de perro martirizado, que nos desgarraba el alma.

Creo que el pobre muchacho se hallaba dominado por la nostalgia. Se quejaba de todo y de nada. Para su gusto, aquellas tierras eran demasiado llanas, los inviernos no eran lo bastante fríos, y los veranos eran demasiado cálidos. Sólo soñaba con sus altas montañas, en donde la gente tenía que cubrirse con pieles de cabra para no morir helada.

Stockmann también echaba de menos las vacas de su país; al parecer, proporcionaban la mejor leche del mundo. Por mucho que yo le hablé, varias veces, de nuestros magníficos toros de Kentucky, jamás se le desarrugaba el ceño.

Sí, realmente Paul Stockmann era un verdadero caso.

Conocí también al sargento Cramer, de nombre Arthur. Cramer me recordaba en todo a un cierto sargento nordista. Tan vocinglero, tan obtuso y tan dispuesto a perder la serenidad por fruslerías.

En su descargo, he de reconocer que Cramer jamás intentó hacerme marcar el paso. Sin embargo, le parecía sospechoso que el tambor del regimiento no poseyera instrumento...

Bien analizadas las cosas, mi regimiento de Granville no estaba tan mal, a pesar de sus pequeños defectos. Incluso podía brindar un cierto porvenir a un recluta ambicioso: ¡la compañía a la que me había destinado el capitán Holiday no tenía cabo! Me propuse reflexionar sobre la cuestión porque, si se hallaba vacante puesto de semejante importancia, ¿qué razón habría podido impedirme llegar a ocuparlo? Amén de mi título de director de la banda, el grado de cabo conseguiría afianzar mi posición en el seno del ejército sudista... Me sorprendió no echar de menos la vida de paisano y mis antiguos proyectos relativos a mis actividades en la industria privada. ¡Aunque este ejército se hallara formado por esclavistas, ofrecía mejores salidas que el del Norte!

Y por añadidura, no podía dejar de admirar la grandeza de espíritu de estos confederados. Los federales, tan metódicos y puntillosos, no habrían tolerado jamás en sus filas a un tambor sin tambor. Claro está que al sargento Arthur Cramer seguía sin gustarle esta pintoresca situación, pero el sargento no era la personificación de todo el ejército.

En realidad, estos sudistas resultaban, por lo menos, sorprendentes.

Una noche, entre compañeros, mientras discutíamos de política en torno al fuego, Phil Curtis abandonó su mutismo habitual y pronunció la palabra *libertad*.

Al escuchar aquellas tres sílabas, pronunciadas de golpe por el amigo Phil, los demás se quedaron pasmados. Aproveché el silencio que siguió para dejar las cosas en su verdadero lugar.

—No creas, Phil, que es que yo quiera meterme contigo, pero permíteme decirte que es muy fácil hablar de libertad cuando uno es un gran terrateniente.

De repente, Phil Curtis se tornó muy locuaz y gritó:

—¿Un gran terrateniente? ¿Bromeas o qué, Pete? ¡Antes de entrar en el ejército yo trabajaba en una imprenta con un salario de veinte dólares a la semana!

—Vamos, sé sincero —repliqué—. Todo el mundo sabe que los sudistas poseen inmensos campos de algodón y ristras de negros que ejecutan el trabajo en su beneficio.

Jimmy escupió el tabaco que mascaba y contestó:

—Eso es lo que se dice, pero la realidad es que yo soy un auténtico sudista, pero jamás he pasado de herrero.

—Igual que yo —añadió Abraham Bronté—. En la vida civil yo era aprendiz en un aserradero de Carolina del Sur, antes de que lo incendiaran esos malditos nordistas.

—Y yo fabricaba queso con la magnífica leche de mis vacas —apostilló Paul Stockmann, lanzando un suspiro cargado de nostalgia.

Me volví hacia él:

—Este asunto no te concierne, Paul. Tú eres suizo. Hablamos de los sudistas de este país.

Mientras Paul suspiraba de nuevo, Jimmy frunció sus espesas cejas y lanzó sobre mí una mirada enfadada:

—Pero ¿de verdad crees, Pete, que los del Sur son todos unos grandes propietarios? Si piensas eso debo señalarte que te equivocas de medio a medio. Fíjate, en este regimiento no conozco a uno solo que haya visto en su perra vida una bala de algodón..., aparte, quizá, del capitán Holiday, que andaba metido en ese negocio...

Me quedé atónito. ¿Estaban, pues, equivocados Bumpy y La Fayette?

—Pero, entonces, ¿por qué combatís?

Phil retornó a su primera idea:

—¡Por la libertad, Pete!

Me eché a reír:

—En ese caso debe haber un error en alguna parte. Creedme, chicos, he corrido mundo y os aseguro que también los nordistas afirman que combaten por la libertad. Dicen que sois unos opresores y que tratáis como bestias a vuestros esclavos negros.

—Pues yo no tengo esclavos —repuso Jimmy.

—Yo tampoco —dijo, sarcástico, Abraham—. Y te juro que no sabría qué hacer con ellos.

—¡Pues entonces —exclamé—, explicadme lo que hacemos aquí!

Phil, que parecía haber perdido definitivamente su silenciosa reserva, me explicó:

—En el Sur hay grandes propietarios, Pete, pero sólo representan una pequeña minoría. Si nosotros, los humildes, estamos en el ejército, es para imponer y defender nuestras ideas...

Phil se enredó en un montón de prolijas definiciones de las que no saqué mucho en limpio.

148

Toda aquella historia seguía estando para mí demasiado oscura. Al tratar de desenredar la madeja, me parecía que las ideas de Phil eran las mismas de los grandes terratenientes esclavistas. Éstos habían persuadido a mis amigos de que los nordistas querían arrebatarles sus privilegios. ¡Pero Phil, Abraham y Jimmy no tenían privilegio alguno! Como no fuera el de trabajar como cualquiera para ganarse modestamente la vida en una América libre.

¿Sería posible que aquellos pobres, residentes en el Sur, aceptasen ciegamente morir en la guerra en beneficio exclusivo de unos pocos? ¡Porque la guerra aún no había terminado! Los regimientos confederados llevaban un mes durmiendo sobre los laureles ganados en Bull Run, y para entonces corría un rumor: se decía que el ejército del Norte se había reforzado en Washington, y que ya no podríamos atacarlo sin correr graves riesgos.

¿Por qué los sudistas no se habían apoderado de aquella ciudad, capital de la Unión, cuando tuvieron la ocasión? Si lo hubiesen hecho, todo estaría concluido ya, y nosotros, los de este regimiento, los que no teníamos ni esclavos, ni fábricas, ni campos de algodón, ni grandes intereses que proteger, no estaríamos expuestos a morir estúpidamente... ¿Qué importaba que el vencedor fuera el Norte o el Sur? ¿No éramos todos fervientes americanos?

¡Condenada guerra! ¡Condenada vida!

Desde el punto de vista del avituallamiento,

las cosas no mejoraban. La victoria de Bull Run no había aportado prosperidad alguna a los confederados. Sin hablar de nuestras botas, podía decirse que carecíamos de todo. Aparte, desde luego, de balas y de obuses. Pero para un ejército en reposo las municiones se tornan muy pronto algo superfluo. Los soldados prefieren lo que es necesario.

Habíamos llegado a un punto en que ya era imposible ver a un gato. Yo mismo no podía evitar la sospecha de que Jimmy confeccionaba sus misteriosos guisados con las ratas que se aventuraban por las proximidades de nuestra tienda. En realidad, esta idea desapareció muy pronto de mi mente porque, con el paso de los días, las ratas se hicieron cada vez más escasas. ¡Y lo mismo los guisados de Jimmy! Aquellos animalejos no iban a ser más idiotas que nosotros; ya se habían dado cuenta de lo caro que les resultaban los calambres de nuestros estómagos.

El día en que desaparecieron completamente las ratas y los guisotes de Jimmy, lancé un suspiro de alivio. Jim Murrefield no me había comunicado jamás la lista de los ingredientes que ponía en su marmita; pero en la duda, prefería apretarme el cinturón en vez de calmar mi hambre, planteándome continuamente la pregunta obsesionante: «¿Será esto rata, mi querido Pete?».

Pero un día creí que nuestro calvario llegaba a su final. El sargento Cramer apareció en nuestra tienda luciendo una envidiable y grata sonrisa:

—¡Chicos, tengo una buena noticia para vosotros! Por fin vais a poder comprar un montón de cosas. Han llegado de Richmond unas cajas precintadas, y el oficial pagador os espera para liquidar vuestra soldada.

Las palabras *cajas precintadas* provocaron un montón de hurras.

Hicimos cola durante tres horas ante la mesa ocupada por el brigada. Cuando me tocó el turno de firmar en el gran libro de cuentas, me tendió un magnífico billete completamente nuevo. Por lo común no me entusiasmaban los *greenbacks* [1]; pero cuando vi la cifra inscrita en aquel billete, inmediatamente sentí ganas de adorarlo.

No me atrevía a creerlo... ¡Quinientos dólares!

¡Caray! ¡Este ejército pagaba mucho mejor que el del Norte!

¡Quinientos dólares! ¡Una verdadera fortuna!

Por lo menos, aquí, el presidente Jefferson Davis mostraba consideración con sus hombres. No era un tacaño, como aquel Abraham Lincoln, que siempre prometía, pero nunca daba... Esos quinientos dólares eran mucho más de lo que yo ganaba en un año con ese explotador de McCormick, afanándome en sus ridículos cuen-

---

[1] Literalmente: «dorso verde». Billete americano cuyo reverso estaba impreso con tinta verde.

tagotas... ¡Menudo negrero estaba hecho el tal McCormick!

Aquel billete de banco me fascinaba tanto que lo examiné con cuidado... No había sido emitido por el Tesoro Federal de Nueva York, sino por un banco de Richmond. Además, no lucía la mención *Estados Unidos,* sino la de *Estados confederados de América* ... ¡Curioso!

Un tanto suspicaz, interrogué a Jim Murrefield:

—¿No será esto moneda falsa, Jimmy? Dímelo sinceramente, no se lo contaré a nadie.

Murrefield se acarició los largos pelos de su barba.

—Eso depende de cómo mires la cosa, Pete. Digamos que estos dólares son inutilizables en el Norte, pero de curso legal en el Sur.

—¿Sólo en el Sur?

—Sólo.

Bueno, era más que suficiente. Como ahora vivía entre los confederados, a mí qué me importaba que los cerdos nordistas consideraran estos billetes como vulgares pedazos de papel.

Con mi magnífico billete completamente nuevo, bien guardado en el fondo de mi bolsillo, tenía la impresión de ser otro hombre. Desde luego, no sentía, en manera alguna, el deseo de comprarme un montón de negros para imitar a los plantadores de Luisiana. ¡No, tenía otros proyectos más realistas! Por más que fuera un rico sudista, conservaba la cabeza fría. Aquella enorme suma, tan inesperada como insólita, me abría horizontes tan vastos que necesitaba reflexionar largamente antes de invertirla...

Sin embargo, he de declarar que a partir del día siguiente mi nuevo tesoro comenzó a quemarme en los dedos. Una voz dentro de mí no dejaba de repetir: «¿De qué te sirve, Pete, poseer una fortuna si sigues viviendo pobremente?». Acuciado por aquella verdad, decidí dar un pellizco a mi peculio y ofrecerme un capricho.

Pero teniendo en cuenta su lamentable estado de deterioro, el ejército del Sur no ofrecía tentación alguna a mi reciente bienestar. ¿Qué me habría podido comprar, como no fuera el encendedor de yesca del sargento? ¡Un mechero de cobre macizo, que debía de costar por lo menos quince dólares!

Tras mi petición, el sargento Cramer se me echó a reír a la cara... y con motivo...

Acabé enterándome de la razón de sus carcajadas cuando me confié a mi amigo Jim Murrefield. Éste me explicó que, por no sé qué razones, los confederados habían hecho trabajar demasiado la máquina de imprimir billetes. En aras de la causa, habían fabricado tal cantidad de billetes, que se había producido una enorme inflación. Hasta el punto de que mis quinientos dólares sudistas equivalían, todo lo más, a diez dólares nordistas. ¡Ni siquiera el precio del mechero del sargento Cramer!

¡Diez dólares...! Y acababa de cobrar esa ridícula suma a cambio de un largo mes de

153

buenos y leales servicios en este condenado ejército sudista...

¡Diez dólares...! ¡Exactamente lo que ganaba en una semana con el bueno del señor McComick! Y además, en aquella época podía gastar mi dinero en Washington... Mientras que aquí ni siquiera tenía la posibilidad de comprarme un tambor...

Aquella misma noche decidí cantarle las cuarenta a Jim Murrefield.

¿Acaso no había sido él quien me había arrastrado a la fuerza a este maldito ejército sudista?

13 *Un médico famoso y un maldito almacén de botas*

PASARON semanas y meses, trayendo cada uno, a lo largo de los días, un poco más de desolación. Desde hacía algún tiempo las enfermedades provocaban en las filas sudistas bastantes más destrozos que las balas enemigas. Los hombres, subalimentados, caían como moscas. Aquella hecatombe hizo decir al brigada Bent que la disentería era para nuestro regimiento una plaga tan horrible como la presencia de los nordistas en el suelo de los Estados Unidos.

La moral de Paul Stockmann había descendido aún más. Hacía ya más de ocho días que no abría la boca. Nuestro pobre camarada pasaba ratos interminables contemplando el cielo con ojos soñadores. Todos sabíamos que estaba pensando en el espléndido aire de sus montañas, en las horas felices, lejos de los microbios, que conocería cuando volviera a Suiza.

Para consolarse de las epidemias que nos

abrumaban, Jim Murrefield gritaba a quien quisiera oírle que en el ejército federal había más de doscientos mil enfermos.

Mientras Stockmann se encerraba en un mutismo absoluto, Phil Curtis, en cambio, nos deleitaba continuamente con una incesante oleada de palabras. Claro que el desgraciado Phil, con fiebre hasta el límite de lo soportable, yacía sobre su colchoneta y deliraba ininterrumpidamente. En uno de los viajes en que fui por agua, los compañeros trasladaron a Phil en unas angarillas hasta la enfermería. Allí el médico le hizo sacar la lengua y decretó que Curtis era víctima de una fiebre maligna para la que no existía medicamento alguno. Por consejo del médico, arropamos a nuestro amigo y lo llevamos a la mejor tienda, en la que entraba menos agua cuando llovía.

Abraham Bronté, a pesar de su sólida educación cristiana recibida en una escuela de jesuitas, juraba como un arriero. Jim Murrefield había conservado su calma; pero aparentemente había perdido la fe. Una mañana se nos presentó sin su larga barba y nos declaró con el dedo apuntando al cielo:

—¡Muchachos, ya estaba harto de parecerme a Dios Padre, al que, se diría, poco le importa nuestra suerte!

Con su barbilla completamente blanca y su nueva apariencia, necesitamos más de una semana para reconocer a la primera al bueno de Jim cuando aparecía ante nosotros.

156

Por mi parte, sin dejarme llevar por un optimismo delirante, no tenía la moral tan baja. Teníamos un médico, y, aunque careciera de medicinas, su sola presencia provocaba en mí un efecto tranquilizador.

Esta confianza en el galeno se esfumó el día en que me di cuenta de que sólo curaba a un número ínfimo de sus pacientes. Muchos, a pesar de sus frecuentes visitas a la enfermería, se debilitaban y acababan por expirar. Aquello desencadenó, además, todo género de rumores. Algunos insinuaron que el facultativo había aprendido medicina en Chicago, en una fábrica de carne de vaca enlatada. Otros, en un loable espíritu de conciliación, seguían afirmando que, sencillamente, una enfermedad maligna se había abatido sobre nuestro regimiento, y no había nada que hacer.

El día en que yo también me sentí mal, Jimmy me aconsejó que fuera a consultar al médico. Teniendo en cuenta lo que se decía de él, no sentía muchas ganas de confiarle mi vida. Pero Jim Murrefield insistió de tal manera que, para que me dejara en paz, acudí a la consulta.

El doctor ejercía a la sombra de su tienda. Aquel hombre de uniforme y modales irreprochables se quitó con distinción las antiparras que tenía montadas sobre su nariz y me preguntó amablemente:

—Di, muchacho, ¿qué es lo que no va bien?

Hice de tripas corazón y respondí con tono afable:

—Señor, tengo cólicos desde hace tres días.

Me hallaba a punto de desabrocharme el pantalón, cuando me ordenó:

—¡Abre la boca y saca la lengua!

Su mirada se hundió hasta el fondo de mi garganta. Lanzó un *Hmm* y dictaminó:

—Nada grave. Se trata de un pequeño desarreglo intestinal.

Por pasmado que me hubiera quedado, no lo estaba lo bastante como para callar y permitir que considerara el caso zanjado. Le repliqué:

—Mayor, no tengo la pretensión de saber de medicina tanto como usted. Sin embargo, me extraña mucho que usted sea capaz de juzgar mi estado sólo con mirarme la garganta.

El doctor se echó a reír:

—¡Condenado chico! ¿Creías que te iba a reconocer por el otro lado del tubo? ¿Ignoras que la boca comunica con los intestinos?

De aquello ya estaba menos seguro que él. Llegué a la conclusión de que las malas lenguas no se equivocaban por completo en lo que se refería a la «escuela» en donde había estudiado medicina aquel especialista.

Por fortuna, al día siguiente, un enorme zafarrancho me hizo olvidar las molestias de la enfermedad.

DE GOLPE, el ejército del Sur pareció estallar: ¡se había dado la orden de dirigirnos hacia el Norte!

El sargento Cramer, que nunca había aceptado el hecho de que el tambor del regimiento no poseyera instrumento, se echó sobre mí y me puso un fusil en las manos.

Una magnífica pieza, realmente, marca *Springfield,* con la que era fácil hacer blanco a doscientos metros. Aquella espléndida herramienta se cargaba por la boca y disparaba balas de diecisiete milímetros, unas criminales balas «Minié» que provocaban horribles heridas... ¡Una nueva barbaridad inventada por un francés!

Viéndome abrumado por el peso del arma, el sargento me dirigió una mirada de satisfacción. Pero debió leer mis pensamientos porque, bruscamente, me dijo con rudeza:

—¡Y no intentes desembarazarte de este fusil en un matorral! Como lo pierdas, tendré el placer de llevarte a un consejo de guerra por el siguiente motivo: pérdida de material perteneciente al ejército.

Agaché la cabeza. Ya estaba advertido; no me quedaba más que cargar con aquel arcabuz hasta el infierno. A menos que...

—¿Y si encontrara un tambor, sargento? ¿Me haría usted el honor, entonces, de recobrar este maravilloso trabuco?

Un sonido discordante, que pretendía ser una risotada, brotó de los dientes de Arthur Cramer.

—No hay razón alguna para que esperes eso, muchacho. ¡En el lugar en donde acamparemos no encontrarás tambor!

Al marcharse el sargento, comencé a reflexionar... ¿Qué era lo que había querido decir? ¿Le habría permitido su grado, que le ponía al alcance de las confidencias del Estado Mayor, captar una información que no se había filtrado hasta mí?

Jim Murrefield ayudaba a Stockmann y a Bronté a cargar al pobre Phil Curtis en su carromato entoldado, que hacía las veces de ambulancia.

—Dime, Jimmy, en tu opinión, ¿a qué se refería el sargento?

Jim pasó una mano nerviosa por su blanco mentón.

—Pero, Pete, ¿no estás al corriente?

—¿Al corriente de qué? —pregunté inquieto.

¿Habrían sucedido, durante los tres días de mi enfermedad, algunas cosas importantes que yo ignoraba?

Jimmy esbozó una mueca y escupió al suelo.

—¡Cuidado, amigo! Acabamos de adquirir un nuevo comandante en jefe. Se trata de un tal Robert Lee, y tiene fama de ser un hombre enérgico.

—Entonces, ¿eso es lo que motiva todo este zafarrancho y las reflexiones del sargento?

—En alguna manera, sí. Porque los nordistas también cuentan con un nuevo general; se

160

llama Ulises Grant y, por lo que dicen, es tan testarudo como nuestro Lee.

Hice un gesto de impaciencia.

—Si eso es todo, no veo motivo para hacer un drama de ello.

—Pues lo hay —repuso Jimmy—. Lee y Grant quieren enfrentarse en una batalla definitiva. ¡Cada uno está empeñado en exterminar al otro de una vez por todas!

¡Caramba, las cosas se ponían mal! Ahora comprendía, por fin, el sentido de las palabras del sargento Cramer.

«Nada de pánico, Pete», me dije interiormente. Después decidí informarme mejor.

—Jimmy, cuando dices que cada uno quiere exterminar al otro, se trata de nosotros, ¿no es cierto?

Su respuesta fue sincera y clara a más no poder:

—Tiene todo el aspecto de eso, amigo, pues ya sabes que el soldado es quien paga siempre los platos rotos.

¡Eso ya lo sabía yo!

Pero Jimmy tenía un corazón sensible. A la vista de los sombríos pensamientos que enturbiaban mi frente, dejó estallar su risa bonachona.

—Vamos, no te preocupes. Hay en todo esto un aspecto reconfortante. Esta marcha hacia el Norte va a proporcionarnos una apreciable compensación. Figúrate que los nordistas tienen en Gettysburg un almacén con cincuenta mil pares de botas que, al parecer, no necesitan. Y Lee tiene el propósito de desviarse hasta Gettysburg para apoderarse de ese calzado [1].

—¿Estás seguro? —pregunté de nuevo, para alejar mis temores.

—¡Tan cierto como que me llamo Jim Murrefield!

Bueno, eso cambiaba completamente el giro de la guerra. ¡Con tal de conseguir un par de zapatos nuevos, estaba yo dispuesto a correr cien kilómetros a pie y robárselos al mismísimo demonio!

[1] Auténtico.

14 *Unos pobres prisioneros y un general compasivo*

Qué MARCHA, amigos míos!

Gettysburg no se hallaba precisamente ahí al lado, a un paso, sino al norte de Virginia, en Pensilvania, a ciento veinte kilómetros de nuestro punto de partida.

El general Lee no nos ahorraba esfuerzo ni entrenamiento, tan grande era su inquina contra Ulises Grant. A nosotros, los soldados, nos animaba otro ideal: a todos nos acuciaba más la idea de conseguir aquellos cincuenta mil pares de botas en Gettysburg que la de entablar combate con el ejército nordista. Con los federales ya lucharíamos más tarde, porque si perdíamos un tiempo precioso, todas aquellas maravillosas botas podrían ponerse fuera de nuestro alcance. Un almacén de avituallamiento no está nunca a salvo de un incendio, sobre todo en tiempo de guerra.

Aunque Phil Curtis hacía el viaje en el carromato, nos enteramos de su muerte la primera noche de marcha. El camino que seguíamos, acribillado por los obuses, resultaba penoso.

Aquella noche, antes de acostarnos, Abraham rezó una oración a fin de encomendar a Dios el alma de Phil, y cada uno respondió *Amén* con gran fervor.

Al final de nuestro segundo día de marcha hallamos a un centenar de húsares. Eran los restos de un regimiento que había combatido hacía algún tiempo a la orilla del río Chickamauga, cerca de una pequeña población llamada Chattanooga. Nuestros húsares conducían una larga columna de prisioneros nordistas macilentos y andrajosos. Casi todos mostraban las huellas de la dura batalla librada: heridas profundas y ennegrecidas, o mutilaciones que unos vendajes sucios sólo recubrían parcialmente. Muchos de aquellos desgraciados prisioneros, esqueléticos, a punto de desvanecerse, avanzaban titubeantes. Parecía que se iban a desplomar a cada paso. Al vernos, varios nos imploraron:

—Agua, camaradas...

—Algo que comer, por piedad...

El brigada Bent nos hizo cerrar filas y gritó que haría saltar la tapa de los sesos al primero que se detuviera.

¿Cómo podía atender a las necesidades de sus prisioneros un ejército como el sudista, que tan poco tenía para sí?

Al pasar, distinguí algunos rostros negros; pero ninguno era el de Josuah.

¿Qué habría sido de mi amigo? Estaría muerto, sin duda...

Si se los observaba mejor, nuestros húsares no tenían nada que envidiar a sus prisioneros. Todos avanzaban con la cabeza gacha, la mirada ausente. Ninguno iba montado, y eso que los húsares pertenecían al cuerpo de caballería... Había quienes afirmaban haber visto a hombres comerse su caballo para subsistir.

Jim Murrefield debió pensar lo mismo que yo. Murmuró entre sus labios apretados:

—Cuando un jinete llega a comerse su caballo, muy mal deben de ir las cosas para todo el ejército.

Asentí con un gruñido.

Los indios fueron quienes dieron su nombre al río Chickamauga. En su lengua, esa palabra significa *río de la muerte*. Y visto el lastimoso aspecto de los hombres con que nos cruzábamos, me convencí de que merecía aquel título.

Jimmy me dio un codazo.

—Esos chicos han debido conocer a *Napoleón*.

Aparté mi mirada de la triste columna y me volví hacia Jimmy.

—¿Estás loco? ¡Napoleón murió hace muchísimo tiempo!

—No hablo del antiguo emperador de los franceses —replicó Jim Murrefield—, sino de los cañones que los nordistas han bautizado con ese nombre. Muchacho, si no has visto nunca uno, te deseo que no lo veas jamás. Esos cañoncitos rechonchos lanzan obuses a mil quinientos metros con una precisión que da escalofríos. Cargados con metralla, hacen terribles destrozos. Imagínate que de repente caminas sobre un volcán...

Sólo con imaginar aquello se me ponía carne de gallina. Ante el temor de pasar por un cobarde, no me atreví a pedir a Jimmy que acabara con descripciones de tan mal gusto. Y siguió diciéndome:

—Fíjate, Pete, el *Napoleón* es como una fruslería al lado del *Dictador*. El *Dictador* es una especie de monstruo montado sobre raíles, que lanza proyectiles más gordos que nuestras dos cabezas juntas. La primera vez que lo probaron, el retroceso rompió la cureña y los nordistas tuvieron que rehacerla...

Jimmy hizo una pausa y arrojó sobre mí una mirada interrogadora.

—Supongo que no te meteré el miedo en el cuerpo explicándote todo esto.

—¡Al contrario! —mentí descaradamente—. Esas cosas son muy interesantes.

Y entonces, ya lanzado y creyendo darme gusto, Jimmy me abrumó con detalles concernientes a los efectos de la artillería pesada federal, montada sobre pontones de madera.

Parecía que Jim Murrefield gozaba hablando de cañones. Sin embargo yo, que había cono-

168

cido en Bull Run sus mortíferos efectos, no podía soportarlo más. Hacía que escuchaba, asintiendo con la cabeza de vez en cuando, y me esforzaba por pensar en cosas más agradables...

¡Con su profundo conocimiento del tema, Jim habría metido miedo a todo el ejército!

En mis pensamientos yo volvía a ver el Potomac y la cabaña de tablas en donde vivía con mi amigo Josuah.

Entonces, el brigada Bent dio el alto.

El sargento Cramer empezó a gritar. Y lo más curioso era que decía que nos calláramos, que no hiciéramos ningún ruido para no llamar la atención de un eventual enemigo.

No me costaba trabajo alguno obedecer. A fuerza de cargar con aquel *Springfield* que me dejaba sin hombro, me hallaba demasiado fatigado para alertar al ejército nordista con palabras inútiles.

Cayó la noche y no tuve tiempo de admirar el paisaje. Me tendí boca arriba, los brazos en cruz, apoyada la cabeza en mi macuto, y me dormí apenas cerré los ojos.

Aquella noche fue una de las más espantosas de mi vida. Los cañones que Jimmy me había descrito tan bien crecían de manera pavorosa y dirigían sus largos cuellos hacia mí. En mi pesadilla les gritaba: «¡Aguardad! ¡No disparéis! ¡Sólo estoy con los confederados por pura casualidad! ¡Soy un buen nordista, podéis preguntárselo a mi amigo Josuah!».

Pero ¡quiá!, aquellas innobles bocas de fuego

169

me descargaban toda su metralla en pleno rostro. Me sentía completamente acribillado, roto, desgarrado. Entre dos vómitos de metralla, *Napoleones, Dictadores* y demás familia, me gritaban en los oídos: «¡Eres un falso hermano, Pete, acuérdate de Bell Run!».

¡Vaya noche!

Al clarear, me despertó Jim Murrefield tendiéndome un cazo de agua tibia con un vago sabor a bellotas tostadas, y diciéndome, admirado:

—Me encanta comprobar que nuestra pequeña conversación de ayer te ha llevado al amor por los cañones. Esta noche no has dejado un solo minuto de hablar de *Napoleones* y *Dictadores*.

Le sonreí forzadamente.

—No hay nada de extraño en eso, Jim, he soñado que era artillero. ¡Qué cosa tan formidable!

Cuando acabé de beber, el sargento Cramer vino a asegurarse de que todavía conservaba mi fusil.

—Está bien, muchacho —me dijo irónicamente—, con ese *Springfield* tienes el aspecto de un verdadero soldado.

—Sargento —le respondí—, usted sabe que en un ejército hace falta de todo, fusileros y tambores. Y, sin ofenderle, me parece ridículo obligar al jefe de la banda de un regimiento tan magnífico como el nuestro a penar con un arma que ni siquiera sabe cargar.

—¿Cómo? —se indignó Arthur Cramer—. ¿Discutes mis órdenes, soldado Breakfast?

—No las discuto —observé con respeto—. Pero eso no impide que advierta en esta unidad un empleo deficiente de los especialistas.

El sargento repuso con socarronería:

—¡Es cierto! Olvidaba que el señor es especialista en notas de música. Voy, pues, a emplearte según tus habilidades. Te apunto voluntario para repartir el forraje: ¡ayudarás a los chicos de caballería a alimentar a los caballos!

Durante un segundo sentí deseos de ir a contarle al capitán Holiday las molestias de que me hacía objeto el sargento Cramer. Pero después recordé que yo sentía aversión por los acusicas. Total que, como aquel maldito Arthur tenía mal fondo y no dejaba de hacer planear sobre mi cabeza el espectro del consejo de guerra, decidí obedecer su estúpida orden.

La caballería, mandada por el eminente George Edward Pickett, acampaba al abrigo de un bosquecillo. Los caballos, encerrados un poco más lejos en cercados, arañaban con los cascos el pelado suelo.

Abordé al primer individuo que me encontré:

—¡Buenos días, mi brigada! Vengo a echar una mano para la distribución del forraje. ¿Puede decirme en dónde se encuentra la paja, si no le molesta?

Aquel individuo me miró pasmado. Se repuso y balbuceó:

—¡Bueno! Pero ¿quién eres tú?

—¡Pete Breakfast, mi brigada! El director de la banda del extraordinario regimiento de cazadores de infantería de Granville —repliqué con orgullo.

—¿Y yo? ¿Sabes quién soy yo? —me preguntó el brigada.

Sólo lo pensé un segundo:

—Francamente, no, mi brigada.

—¡Pues bien, has de saber que yo soy tan brigada como tú, pedazo de asno! ¡Tienes ante ti al general George Pickett!

¿Le habría molestado? Para arreglar las cosas, le dije:

—Excúseme, mi general. Creí que estaba ante un brigada que se había puesto el uniforme de gala.

El gran Pickett ignoró mi explicación. Repuso:

—Además, entérate de que yo sería el más feliz de los mortales si tuviese forraje que dar a mis caballos.

Me cuadré rígidamente, saludé y giré los talones.

¡Qué coladura! Abordar así al general de la caballería sudista... ¡Como plancha, no estaba mal!

No había dado tres pasos, cuando resonó la voz del general:

—¡Eh, pequeño, ven aquí!

Imaginé que esta vez se trataría ya del pelotón de ejecución. Con el corazón en un puño

172

acudí hasta el general. Pero éste mostraba un semblante benévolo y me tendió la mano.

—Te felicito, muchacho. Tu deseo de ayudar al primer ejército de Virginia es muy meritorio. Me he mostrado demasiado exigente contigo y me excuso.

Estreché la mano del jefe militar.

—No se preocupe, mi general, ya está olvidado —le respondí para mostrarle que no le guardaba rencor—. Después de todo, si sus jamelgos no tienen paja la culpa no es suya, sino de esos cerdos nordistas.

El general Pickett pareció apreciar la libertad de mi lenguaje militar, y manifestó:

—He aquí un buen patriota.

—¡Qué quiere usted! Se es americano o no se es —añadí, para reforzar la buena opinión que empezaba a tener de mí.

Después, cobrando conciencia de lo que podía sucederme con el sargento Cramer, corté la entrevista.

—Bueno, no crea usted que me aburro en su compañía, mi general, pero usted sabe cómo son las cosas, cada uno tiene su pequeño trabajo que hacer. Claro que usted, con el puesto que ocupa, no corre gran riesgo. Pero yo tengo que aguantar a un sargento que no puede verme ni en pintura. Estamos enfrentados. Ya sabe, como Lee y Grant.

El valiente general Pickett se echó a reír. Y de repente se interesó por mí:

—¿No me has dicho que eras músico? ¿Por qué cargas, entonces, con ese *Springfield?*

Me vi obligado a explicárselo:

—Es cierto, mi general, soy tambor. Pero como mi instrumento musical desapareció en Bull Run, el sargento del que acabo de hablarle ha creído útil soldarme a este fusil.

—¡Un héroe de Bull Run! —exclamó el jefe militar—. Espérame aquí y no te muevas.

Me cuadré.

El general se metió en una tienda y salió con un tambor.

—Toma esto y dame tu fusil. A nosotros, los del Sur, nos gusta la música. Y si tu sargento te dice algo, envíamelo.

¡Eso era un general!

El general y yo nos separamos. Está claro que no me pareció conveniente precisarle que mi tambor había sido pulverizado por un obús sudista mientras yo combatía en las filas nordistas. ¿Habría cambiado eso algo las cosas? Josuah me decía que la música es un arte que traspasa las fronteras...

Cuando Arthur Cramer me vio llegar con mi instrumento en bandolera, se quedó de una pieza.

—¡Por todos los diablos del infierno! —chilló—. ¿En dónde has dejado tu fusil?

Le sonreí amablemente.

—Sepa, sargento, que he conocido a un verdadero aficionado a la música. A ese militar le ha parecido degradante que un tambor sudista tenga que cargar con un fusil, y ha querido que hiciéramos un intercambio.

La boca de Cramer se torció horriblemente y su cara se volvió violeta.

—¿Un militar? ¡Caramba! ¿Y con qué militar ha cambiado el señor Breakfast un excelente material del ejército por un vulgar pellejo de cabra?

Alcé los brazos al cielo para rematar el efecto, respondiendo con indiferencia:

—¡Oh!, no creo que usted le conozca, sargento. Tal vez haya oído hablar de él. Se trata de mi amigo el general George Edward Pickett. Ya sabe, el que manda la caballería del primer ejército de Virginia.

Esperaba algunos gritos, pero no se oyeron. El pecho de Arthur Cramer se desinfló, los brazos le cayeron a lo largo del cuerpo y sus párpados se entornaron... Fue como si el sargento acabase de recibir un balazo.

Desde aquel momento, el sargento Cramer parecía un hombre acabado y ya nadie volvió a oírle gritar como solía hacerlo antes.

Aquel súbito cambio le hizo decir a Jimmy Murrefield que no había nada como la música para amansar a un sargento.

15 *Unos condenados cañones y una tierra de promisión*

POR FIN! Todo se consigue cuando se pone un poco de buena voluntad. Habíamos llegado a Gettysburg y a su inestimable almacén de botas. ¡Cincuenta mil pares! Suficientes para calzar a varios regimientos enteros. Mi amigo el general Pickett debía de estar saltando de alegría. Aunque no tuviera forraje que dar a sus caballos, podría, al menos, proporcionar alguna comodidad a sus hombres.

Reflexioné un minuto acerca de aquella situación y me di cuenta de lo ridícula que era. Después de todo, no veía por qué aquel regimiento montado había venido por botas con nosotros. Siempre cabalgando sobre sus caballos, los hombres de Pickett apenas utilizarían las botas. No parecía que tuviesen mucha necesidad del calzado.

Seguro que nuestro general Robert Lee reservaría todo aquel calzado para la infantería...

En consecuencia, tenía alguna posibilidad de conseguir un par de recambio.

Desde lo alto de un cerro, bien calado el tambor sobre el vientre, inspeccioné la población. El lugar en donde nos hallábamos se llamaba Seminary Ridge, y formaba parte de una larga cadena de colinas que se prolongaba hacia el sur, y desde las cuales dominábamos Gettysburg.

Fruncí el ceño a fin de ver mejor: en medio de todas aquellas casas se encontraba un almacén de gran interés para mí.

A mi derecha, el capitán Holiday se mantenía tieso como un palo. Se había quitado sus quevedos y observaba la población con unos gemelos.

—¡Maldita sea! —barbotó de pronto—. Llegamos demasiado tarde. ¡Gettysburg está ocupado!

Mi corazón se hizo añicos, pensando en aquellas magníficas botas convertidas en humo.

Holiday oprimió de nuevo el extremo de su nariz contra los gemelos y lanzó un nuevo suspiro que partía el alma. ¿Habríamos hecho tan largo camino para nada? Quise asegurarme.

—Mi capitán, ¿tendría usted la bondad de dejarme un segundo sus prismáticos? Me gustaría echar un vistazo a esa madriguera.

Holiday me tendió sus gemelos maquinalmente. Apunté en el acto hacia Gettysburg... y exclamé:

—¡No tiene por qué preocuparse, mi capitán!

178

¡Son confederados y no nordistas quienes hormiguean por las calles!

Holiday recobró sus gemelos tan maquinalmente como me los había entregado, y dijo con melancolía:

—Lo sé. He reconocido el banderín del teniente general Ewell. Esperaba ocupar el lugar antes que él...

Volvió hacia mí su rostro, desolado por la pena, y murmuró:

—Ser siempre el primero. Eso es lo que importa en un buen militar.

¡Así que eso era lo que pensaba nuestro capitán! En sobresalir, en vez de en conseguir aquellas botas nuevas que, indudablemente, Ewell tendría ya. No era de extrañar, pues, ver a los jefes con los uniformes repletos de galones dorados, mientras que la tropa marchaba descalza.

¡Qué egoísmo!

El capitán, decepcionado hasta un punto inimaginable, dio la orden de avanzar hacia la población. Y marché a su lado, no por simpatía, sino por disciplina.

GETTYSBURG ofrecía un aspecto agradable y cuidado. Las calles, perfectamente alineadas, se cruzaban en ángulo recto, y las casas, pintadas en tonos suaves, tenían carácter. Algunas fachadas derruidas, ciertos soportales despunta-

179

lados o unos tejados hundidos afeaban la apariencia de algunas barriadas. Pero si considerábamos que la ciudad había sufrido ya varios ataques, aquello se comprendía.

Al sur se alzaba un montecillo llamado Culp's Hill. Más al sur todavía divisé la cima redondeada y verde de Little Round Top.

«No suficientemente puntiaguda ni bastante verde para las vacas», pensé. Instintivamente busqué con la mirada a Paul Stockmann... Naturalmente, no lo vi. Aquel suizo jamás aparecía cuando se me ocurría una idea para levantarle la moral.

Entre Seminary Ridge, de donde habíamos salido, y Culp's Hill había otro pico. Se llamaba Cemetery Hill. En su cima, la entrada al camposanto tenía forma de arco de triunfo. Era un gran monumento que ofrecía la ventaja de ser un puesto de observación de importante valor estratégico.

Siguiendo con la mala racha que teníamos desde el comienzo de las operaciones, nuestro regimiento recibió la orden de ocupar el cementerio. Francamente, hubiera preferido que el general Lee nos designara otro lugar más alegre. No me agradaba en absoluto la idea de montar guardia en semejante sitio. Un indio, al que conocí en cierta ocasión, me decía a menudo que, cuando se vive demasiado cerca de los muertos, acaba uno por reunirse pronto con ellos.

Cuidando mucho de no profanar nada, coloqué mi tambor en una alameda y me senté sobre una lápida.

Mi mirada se detuvo en la cruz de madera. Leí: *Aquí yace Peter Belfast. Muerto a los quince años*.

¡Peter Belfast! ¡P, B! ¡Caramba! ¡Aquellas eran mis iniciales!

Me puse en pie de un salto, cogí mi tambor y me fui a descansar junto a la tumba del difunto William Plum, muerto en 1712.

En aquel cementerio pasamos la noche del 2 al 3 de julio.

La moral de nuestro grupo había alcanzado su punto más bajo. Abraham Bronté creía ver fuegos fatuos. Jim Murrefield veía fantasmas por todas partes. Y cada treinte segundos, Paul Stockmann murmuraba con voz siniestra:

—Muchachos, ¿no habéis oído un ruido?

Aunque no cesara de repetirle que se trataba del castañeteo de mis dientes, Paul se esforzaba por aguzar el oído y repetía incansablemente:

—Amigos, os juro que he oído un ruido extraño...

Acabé por coger el mendrugo de pan que guardaba en mi macuto, amasé dos bolitas de pan y me las metí en los oídos. Después, cerré los ojos...

Así, intentando ignorar los fuegos fatuos, los espectros y los ruidos extraños, conseguí dormirme.

Siguiendo el ejemplo de los legítimos habitantes del cementerio, hubiéramos deseado descansar en paz. Pero aquello hubiera sido un milagro. Antes de que se hiciera de día, el asistente del capitán Holiday acudió a despertarme:

—¡Arriba, tambor, aprisa! ¡En pie! El capitán quiere que toques llamada. Vamos a atacar a los nordistas.

—¿Qué nordistas? —pregunté, estirándome.

—Los que han llegado esta noche.

¡Los nordistas! ¡Sólo faltaba eso! Pero ¿es que esos tipos no dormían nunca?

Me levanté y experimenté una gran satisfacción: como estaba oscuro como boca de lobo, no podía ver las tumbas.

El capitán Holiday, inclinado sobre un mapa, medía ángulos a la luz lívida de una lámpara de petróleo. Bostecé ruidosamente para hacerle saber mi presencia.

—¡Ah, eres tú, tambor! Toca llamada con todas tus fuerzas.

—¿Es tan grave? —pregunté inquieto.

—Se han notado movimientos de tropas federales. Probablemente nos preparan algo a su estilo.

Rezongué:

—Lástima que esos cerdos nordistas no sigan las costumbres indias...

A lo mejor fue un efecto de la lámpara de petróleo, pero me pareció notar un aire de incomprensión en la mirada del oficial.

—¡Cómo, mi capitán! ¿Ignora usted que los pieles rojas no atacan nunca de noche?

182

A Holiday no le gustó nada mi ocurrencia. Ceñudo, me espetó secamente:

—Como sigas diciendo tonterías, te entierro en un hoyo.

Toqué llamada...

¿Hoyo? Teniendo en cuenta el lugar que nos había designado el general Lee, el capitán no habría tenido que recorrer mucho camino para meterme en un hoyo. No eran hoyos, precisamente, lo que en un cementerio escaseaban. Aunque ya estuviesen todos ocupados...

Seguí con el zafarrancho de combate...

Por todas partes aparecían rostros macilentos. El capitán gritó unas órdenes al brigada Bent. El brigada las gritó con igual fuerza al sargento Cramer. Éste nos gritó a nosotros:

—¡Muchachos, hay que levantar el campo lo más rápidamente posible! Partimos en dirección a Seminary Ridge.

Dicho de otra manera, volvíamos al lugar de donde habíamos venido. ¡Tanto mejor! Todos queríamos abandonar aquel siniestro cementerio, y el sargento no tuvo que decírnoslo dos veces. Adoptando más o menos la formación de un «sálvese quien pueda», descendimos por la pendiente. Adiós fantasmas y fuegos fatuos...

Corríamos hacia las bellas colinas de Seminary Ridge...

Al llegar a aquellas alturas, supimos lo que había pasado: durante la noche, los nordistas habían recibido enorme cantidad de refuerzos en hombres y en artillería... Estuvimos a punto,

183

incluso, de quedar cercados en aquel maldito cementerio. Ahora lo ocupaban los federales. Aquello no lo entendía nadie. ¿Qué pensaba Grant hallar en un lugar semejante como no fueran muertos?

Y aguardamos a que amaneciese.

El alba apareció por fin en Seminary Ridge. Tras ella asomaron los primeros rayos de sol. Y aquellos rayos iluminaron todo el valle. También iluminaron la bandera estrellada de los nordistas en lo alto de su mástil, en el sitio en donde habíamos pasado la noche.

Entre nosotros, los sudistas, ondeaba la bandera de la gran cruz roja, constelada de estrellas sobre fondo azul.

En los federales, treinta y cuatro estrellas de plata. En los confederados, solamente trece...

Trece... Esa cifra no presagiaba nada bueno, y experimenté un malestar inexplicable...

Fue entonces cuando nuestros cañones entraron en acción.

Yo estaba tieso, bien erguido, sin encoger el espinazo; esta vez me encontraba en el campo que tiraba los obuses, no corría el riesgo de que uno tropezara en mi cabeza.

Allá abajo, en el cementerio, las cosas no eran igual. Alcanzada por la metralla, la bandera estrellada de los nordistas se deshizo en mil pedazos. Vivos y muertos volaban mezclados por el aire. Las lápidas subían hacia las nubes, describían horribles arabescos y caían, después, aplastando a los soldados que habían conseguido escapar.

El cañoneo prosiguió con un incesante martilleo, removiendo la tierra del camposanto y mezclando confusamente los muertos de hoy y los de ayer...

Deseando, quizá, sumarse al estruendo, el capitán me gritó:

—Redobla con todas tus fuerzas, tambor. ¡Es la victoria!

Pero las tropas de Grant no ocupaban solamente el cementerio. Se hallaban escalonadas en toda la cordillera de Cementery Ridge, de Norte a Sur. En su parte alta, que se asomaba a Gettysburg, esta línea se curvaba hasta adoptar la forma de un anzuelo y englobaba la cima de Culp's Hill.

El teniente general Ewell atacaba ese campo atrincherado. Los federales, bien protegidos, rechazaban todos sus asaltos.

Otro valiente teniente general sudista, James Longstreet, mandaba sus tropas en dirección a Cementery Hill y al resto del frente que se prolongaba hacia el Sur.

En este lugar era donde Ulises Grant había concentrado el grueso de sus fuerzas. La cima de cada colina estaba plagada de cañones nordistas y de fusileros muy bien protegidos.

Tras nosotros, la caballería del general Pickett aguardaba para cargar. Los jinetes, pie a tierra, acariciaban los cuellos de sus monturas, para calmarlas. Los animales, nerviosos, relinchaban y arañaban el suelo con sus cascos, poniendo de relieve el ardor que los animaba.

El estruendo de los cañones se hizo ensordecedor. El enorme ruido repercutía en lo más hondo de mi ser.

Los *Napoleones* de los nordistas aún no habían sido disparados. Pacientes, en la comodidad de sus refugios, aguardaban el asalto de nuestras unidades.

Y nuestras tropas se pusieron en marcha...

Y los *Napoleones* despertaron, tronaron, se desencadenaron, liberando toda su contenida potencia...

¡Qué destrozos hicieron!

Nuestras tropas avanzaban en regimientos enteros, como si aquello fuera un desfile militar, con bandera y música a la cabeza.

Los soldados formaban espléndidos cuadros. Avanzaban apretados... ¡Magníficos blancos!

Y aquellos maravillosos regimientos menguaban, se fundían, a medida que progresaban. Los obuses los cercaban y les propinaban verdaderas dentelladas.

Mil quinientos metros separaban las lomas ocupadas por nuestros dos campos. Y en el centro, una planicie...

¡Mil quinientos metros que salvar a descubierto, a la vista de todos!

Las descargas desgarraban el aire. Caían filas enteras de hombres, todos en el mismo sentido, hacia atrás, como el trigo segado, alcanzados con terrible fuerza en el pecho.

Y cuando un regimiento desaparecía completamente antes de haber rebasado la mitad de la planicie, otro partía de nuestras líneas, para reemplazarlo... ¡Y siempre con la música en cabeza!

Poco a poco disminuían los sones de la música y los asaltantes caían y caían. Y desaparecía el ruido de los pasos, y la última nota de música sonaba junto con el estallido de un obús, y se extinguía...

¡Únicamente quedaban sobre el campo de batalla los cuerpos destrozados!

Y partía otro regimiento con la bayoneta calada en un ilusorio intento. Bosque de acero que el sol hacía centellear y que los *Napoleones* segaban... Siempre con la música a la cabeza... Una carnicería...

Atónito, con el corazón en un puño, no podía sustraerme a la contemplación de tan horrible escena.

Volaban brazos, cabezas, cuerpos, armas, macutos... mezcla atroz de lo que hasta entonces habían sido soldados.

Después, el número de heridos y de moribundos fue tal que los gritos de dolor ahogaban el ruido de los cañones.

Si, por desgracia, algunas filas de irreductibles conseguían llegar hasta las proximidades de las cimas nordistas, eran recibidos por una lluvia de balas que los abatían.

Nuestros soldados desaparecían tragados por aquella implacable carnicería...

—Antes de que se haga de noche ya no quedará un solo hombre —murmuró Jim Murrefield.

Aquella frase me hizo el efecto de un puñetazo. Éramos un regimiento de reserva, un refuerzo. Y aquellos soldados, tendidos allá abajo, necesitaban perentoriamente refuerzos. De un minuto a otro nos llegaría la orden de colocarnos en primera línea.

Pero en lugar de eso, nos sorprendieron los estridentes sonidos de los cornetines de caballería.

Una voz imperiosa bramó a nuestras espaldas:

—¡Jinetes! Preparados para montar a caballo... ¡A caballo!

Tintineo de los arneses...

—¡Desenvainad!

El siseo de los sables al abandonar sus vainas...

—¡Adelante, al trote!

Ruido de cascos sobre el duro suelo...

—Jinetes, al galope... ¡Caaaaarguen!

Un endiablado escándalo que hacía temblar la tierra...

El regimiento de mi amigo Pickett pasó como una tromba, descendió por la pendiente y se lanzó por la planicie...

Aquellos hombres grises, inclinados sobre los cuellos de sus monturas, impaciente el sable, lanzaban gritos horribles, gritos de dementes, gritos para darse valor...

188

Los *Napoleones* aguardaron a que aquellos posesos estuvieran a su alcance... Después, escupieron sus balas, su metralla, su ponzoña mortífera...

Bajo los estallidos que brotaban entre las patas de los caballos y abrían los vientres, las filas de Pickett ondularon y se desunieron. Una nube de denso polvo los envolvió, ocultándolos a nuestra vista.

Cuando la cortina de humo se alzó por encima de la carnicería, sólo un tercio de los jinetes de Pickett se mantenían en sus sillas.

Desorientados, alocados, aquellos hombres erraban por aquí y por allá sin ninguna cohesión... paseando su desgracia...

Entonces, los cornetines sonaron de nuevo, recordando a todos que no se había hecho nada mientras no se hiciera todo. Como movidas por una mano gigantesca, las escasas filas se rehicieron, formando una manchita gris en la planicie roja...

¡Y la caballería de Pickett volvió a lanzarse al asalto!

Alzados sobre sus estribos, los jinetes recibieron el fuego de los *Napoleones,* insensibles a la bravura de los jinetes. Una vez más, las filas se desintegraron, se deshicieron... Pero algunos siguieron galopando, vociferantes, enloquecidos... Ante aquella menguada masa, los rabiosos fusiles ladraron al unísono con los cañones, los obuses y las balas.

189

Bajé los párpados un minuto, sólo un minuto, para no ver más...

Cuando volví a abrirlos, había desaparecido la caballería de mi amigo Pickett... Aparte de algunos obstinados que, desmontados, ascendían por la colina sable en mano... y a quienes los federales abatían uno a uno...

La seca voz de Holiday tronó:

—¡Regimiento de cazadores de Granville a mis órdenes... adelante!

Nuestro cuadro se puso también en marcha.

Un estremecimiento recorrió mi cuerpo. Aquel capitán nos enviaba a la muerte...

Andaba...

Mis manos crispadas e inertes apretaban los palillos del tambor...

Andaba...

Iba a morir. ¿Me convertiría en un héroe?

Andaba...

Era demasiado joven para morir. ¿Por qué los pueblos necesitan héroes? ¿Tan útil era un héroe?

Andaba...

Los nordistas surgían de su reducto. Iban a acabar con nosotros. Corrían hacia nosotros gritando y disparando. ¿Por qué tenían todos aquella mirada de odio?

Mi vista se nubló... y, sin embargo, vi llegar ante mí a un individuo alto y desgarbado, de uniforme azul, sin quepis, hirsuto, que me mostraba los dientes y me miraba con rabia... ¡Qué largo era su fusil con la bayoneta calada! Con

un último esfuerzo de voluntad evité la centelleante hoja... ¡Y recibí un culatazo en la cabeza!

Y después siguió la nada...

UNA VOZ ME sacó de la inconsciencia.

—¡Caramba, si eres tú, Pete!

Una vez más se me apareció un ángel, como en Bull Run. Pero aquel ángel debió de salir de los infiernos porque su rostro era negro...

Murmuré:

—Josuah...

El ángel negro se sentó a mi lado y, delicadamente, puso mi cabeza de forma que descansara en su brazo.

—¿Estás herido, Pete?

—No lo sé —le respondí.

Josuah me palpó y me ayudó a sentarme.

—No hay nada roto y tienes el aspecto de estar entero.

¿Qué me importaba mi estado de salud? ¿No había nada más urgente? Una idea me atravesó la mente:

—Dime, Josuah, ¿es que te retiene aquí algo importante?

Los enormes y blancos ojos de mi amigo vagaron sobre los montones de cadáveres, despojos de todo género que nos rodeaban y se extendían hasta perderse de vista.

Balbuceó:

—No, creo que ya nada me retiene aquí. ¿Por qué?

A pesar de la sed que me devoraba la garganta, pude articular:

—Durante los últimos tiempos he oído hablar de un lugar en donde la gente no hace nunca la guerra. Un lugar en donde las vacas son bellas y dan buena leche, muy cremosa...

El negro rostro de Josuah se ensanchó:

—¡Eso me parece formidable! ¿Está lejos?

—En un rincón perdido de Europa. Un país en medio de las montañas.

—¿Y cómo se llama ese país?

—Suiza, Josuah, Suiza...

Índice

EL BARCO DE VAPOR

SERIE ROJA (a partir de 12 años)

Colección GRAN ANGULAR

Edición especial